THE QUEEN OF CRIME
繁體中文版
20週年
紀念珍藏

一個都不留

阿嘉莎・克莉絲蒂——著
王麗麗、劉萬勇——譯

And Then There Were None

策畫者的話

通俗是一種功力

吳念真（導演、作家）

通俗是一種功力。絕對自覺的通俗更是一種絕對的功力。

這樣的話從我這種俗氣的人的嘴巴說出來，大概很多人要笑破褲底了。不過，笑完之後請容我稍稍申訴。這申訴說得或許會比較長一點，以及，通俗一點。

小時候身材很爛，各種遊戲競爭完全任人宰割，唯一隱遁逃避的方法是躲起來看書或聽大人瞎掰。那年頭窮鄉僻壤的小孩能看的書不多，小學二年級時最喜歡的是超大本的《文壇》，老師借的。看著看著，某天老師發現我的造句竟出現：「捧著：朝陽捧著一臉笑顏為群山剪綵」這樣亂七八糟的文字，就拒絕再讓我看那些超齡的東西了。

老師的書不給看，我開始抓大人的書看。一種是厚得跟磚塊一樣的日文書，對我來說那完全是天書，但插圖好看，經常有限制級的素描。另一種書是比較薄的，通常藏得很嚴密，只是裡面有太多專有名詞、重複的單字和毫無限制的標點，比如「啊啊啊」、「……！！！」

老讓我百思不解。有一天，充滿求知欲地詢問大人竟然換來一巴掌後，那種閱讀的機會和樂趣也隨著消失了。

所幸這些閱讀的失落感，很快從大人的龍門陣中重新得到養分。講到這裡，我似乎先得跟一個村中長輩游條春先生致敬，並願他在天之靈安息。

我所成長的礦區，幾乎全是為著黃金而從四面八方擁至的冒險型人物，每人幾乎都有一段異於常人的傳奇故事。這些故事當事人說來未必精采，但一透過游條春先生的嘴巴重現，有時連當事人都聽得忘我，甚至涕泗縱橫，彷彿聽的是別人的故事。

條春伯沒當過日本兵，可是他可以綜合一堆台籍日本兵的遭遇，一如連續劇般從入伍、受訓、逃亡荒島，面對同鄉同袍的死亡，並取下他們的骨骸寄望帶回故鄉，乃至骨骸過多搞不清哪是誰的等等，讓聽的人完全隨他的敘述或悲或笑，彷彿跟他一起打了一場太平洋戰爭。此外他也可以把新聞事件說得讓一個三、四年級的小孩，到現在仍記得當時腦中被觸動的畫面。例如當年瑠公圳分屍案的凶手做案之後帶著小孩到安東街吃麵（這讓我一直以為台北的安東街是條專門賣麵的街道），還有甘迺迪總統被暗殺、賈桂琳抱住她先生、安全人員跳上飛快的車子保護賈桂琳……當然，這記憶全來自條春伯的嘴巴而不是報紙。我的記憶全是畫面，有畫面，是因為條春伯說得精采，說得有如親臨他至死都還搞不清地理位置的達拉斯命案現場。

於是這小孩長大後無條件地相信：通俗是一種功力，絕對自覺的通俗更是一種絕對的功力。透過那樣自覺的通俗傳播，即使連大字都不識一個的人，都能得到和高階閱讀者一樣的感動、快樂、共鳴，和所謂的知識、文化自然順暢的接軌。也許就是因為這些活生生的例子，俗氣的自己始終相信：講理念容易講故事難，講人人皆懂、皆能入迷的故事更難，而能隨時把這樣的故事講個不停的人，絕對值得立碑立傳。

條春伯嚴格地說是有自覺的轉述者，至於創作者，我的心目中有兩個。一個是日本導演山田洋次，一個是推理小說家阿嘉莎．克莉絲蒂。

山田洋次創造了寅次郎這個集合所有男人優點跟缺點的角色，在以《男人真命苦》為名的系列下，總共完成百部左右的電影。它們的敘述風格、開頭、結尾的方法不變，唯一改變的是故事，是時代，是遍歷日本小鄉小鎮的場景。數十年來，看《男人真命苦》幾已成為日本人每年的一種儀式，一如新春的神社參拜。

數十年前訪問過山田導演，他說，當他發現電影已然有它被期待的性格時，電影已經不是導演自己的。他說：當所有人都感動於美人魚的歌聲時，你願意為了讓她擁有跟你一樣的腳，而讓她失去人間少有的嗓音嗎？

人間少有的嗓音與動人的歌聲，都來自山田導演絕對自覺的通俗創造。

再如阿嘉莎．克莉絲蒂，如果我們光拿出她說過的故事和聽過她故事的人口數字，就足以嚇死你。五十多年的寫作生涯，她總共寫出六十六本長篇推理小說，外加一百多篇短篇小說和劇本。其中有二十六本推理小說被改編，拍了四十多部電影和電視劇集。作品被翻譯成一百零三種文字的版本，銷量超過二十億本。

夠了。你還想知道什麼？知道二十億本的意義是什麼嗎？二十億本的意義是全世界平均三個人就有一個人讀過她的書，聽過她說的故事。

說來巧合，她和山田洋次一樣，創造出個性鮮明的固定主角（當然，前前後後她弄出來好幾個），然後由他（或是她）帶引我們走進一個犯罪現場，追尋真正的罪犯。

故事就這樣？沒錯，應該說這是通常的架構。那你要我看什麼？不急，真的不急，克莉絲蒂會慢慢冒出一堆足夠讓你疑惑、驚嚇、意外，甚至滿足你的想像力、考驗你的耐心和智商的事件來。

推理小說不都是這樣嗎？你說得沒錯，大部分是這樣，不一樣的是……對了，她像條春伯，像山田洋次，她真會說，而且她用文字說。

文字的敘述可以讓全世界幾代的人「聽」得過癮、「聽」個不停，除了聖經，也許就是克莉絲蒂。她不是神，但她真的夠神。

數十年前，台灣剛剛出現她的推理系列中譯本，那時是我結婚前，常有同齡的文藝青年來我租住的地方借宿，瞄到我在看克莉絲蒂，表情詭異地說：「啊？你在看三毛促銷的這個喔？」

我只記得他抓了一本進廁所，清晨四點多，他敲開我的房門說：「幹，我實在很討厭那個白羅……再拿一本來看看，我跟你說真的，要不是你的書，我真的很想把那個矮儸壓到馬桶吃屎！」

我知道他毀了，愛吃又假客氣，撐著尊嚴騙自己。克莉絲蒂再度優雅地撕破一個高貴的知識份子的假面具，她的手法簡單，那手法叫通俗，絕對自覺的通俗，無與倫比、無法招架的功力。

昔日的文藝青年如今跟我一樣，已然老去，但不時還會看到他寫一些充滿理念和使命感極重的文章，在報紙和雜誌上出現。我知道他要說什麼，只是常常疑惑他想跟誰說；同樣，我記得他說過什麼，但轉眼間忘記他說了什麼。但請原諒我，幾十年前那個晚上，他在我家看完的那兩本克莉絲蒂的小說內容，我可還記得清清楚楚。

也許有一天再遇到他的時候，我會問他之後是否還看過克莉絲蒂其他的書，如果沒有，我會跟他說，想讀要趁早，因為你會老、會來不及。至於白羅那個矮儸，大概永遠不會消失。哦，對了，還有一個叫瑪波，你說不定會來不及認識……

歡快氣氛下的解謎樂

龍貓大王通信

一九八〇年代，美國電視觀眾最喜歡的作品類型之一，是看俊男美女在電視上「床頭吵床尾和」。一九八二年，浪漫推理劇《龍鳳妙探》（*Remington Steele*）大受歡迎，男主角皮爾斯・布洛斯南（Pierce Brendan Brosnan）高大帥氣，女主角史蒂芬妮・齊姆帕勒（Stephanie Zimbalist）嬌小可愛，他們之間不但有最萌身高差，還有最凶的吵架音量，你一嘴我一嘴地互嘴鬥臭，其實偷渡的是勢均力敵的甜蜜情意。一九八六年的《雙面嬌娃》（*Moonlighting*）吵得更凶，布魯斯・威利（Bruce Willis）與西碧兒・雪柏（Cybill Shepherd）這對歡喜冤家從鏡頭前吵到鏡頭外，但觀眾只認識鏡頭前流氓與淑女的美味關係，而這已經足夠讓布魯斯・威利的星運一飛沖天。

情侶神探的公式不只讓八〇年代的觀眾買單，其實早在二〇年代就被證明很有賣點。謀殺天后阿嘉莎・克莉絲蒂的經典中，恰巧就包括一對龍鳳妙探的系列作品，他們是克莉絲蒂創作的蛋頭神探與阿嬤神探之外的唯一一組情侶神探：湯米與陶品絲。

這對情侶在一九二二年出版的《隱身魔鬼》首度登場；一九二九年出版的短篇集《鴛鴦神探》裡已經結為夫妻；一九四一年的《密碼》裡勇破二戰諜網；一九六八年已步入老年的貝里福夫妻，繼續在《顫刺的預兆》裡偵查老人療養院的死亡祕辛；最終在一九七三年的《死亡暗道》裡，老先生、老太太已經決定退休，還買了一棟退休房……聽起來他們似乎沒有繼續關心凶手與謎案的必要了，對吧？怎麼可能，陶品絲搬進新家整理環境時，在前屋主留下的書中，竟然找到一段塵封已久的祕密訊息：「瑪麗喬丹並非自然死亡，凶手是我們其中的一個。」

有誰只是整理書櫃也會突然變身偵探？湯米與陶品絲就會，這多少能證明，克莉絲蒂在這對鴛鴦神探身上放進不少玩心。也許是她為湯米與陶品絲設計的浪漫關係，令克莉絲蒂為他們而寫的故事也格外輕巧俏皮。別誤會，湯米與陶品絲出場的處女秀《隱身魔鬼》有國際陰謀、有失竊的機密文件、有神祕又奸詐的犯罪首腦「布朗先生」（這下你就懂書名《隱身魔鬼》是在說誰了）。這看來是一部暗潮洶湧的諜報小說，而確實湯米與陶品絲也穩穩地踩中大部分的可怕陷阱，但克莉絲蒂將這對男女寫得實在太過可愛……你潛意識裡早就知道，他們絕對要邊吵架邊談情地（順便推理）百年好合，不會在這個險境裡就GG（完結）。

湯米與陶品絲的情誼首先是建立在「好哥兒們」的友情之上，從《隱身魔鬼》的開場就看得出來：

「湯米，你這個老東西！」

「陶品絲，老朋友！」

兩個年輕人熱情地相互問候……那兩個「老」字頗易讓人誤解，其實兩人年齡加起來絕不超過四十五歲。

二〇年代已經不是封建時代，但男女之間還是有別。而湯米與陶品絲之間的情誼，能夠打破這種隔閡，他們首先是鐵打的好友，彼此在軍醫院認識，因此他們之間有太多戰場回憶可以閒聊，也深知對方的個性與偏好，更重要的是，他們都是一窮二白。這對日後的鴛鴦神探久別重逢，既不談情也不破案，而是討論如何賺錢。克莉絲蒂可不會那麼輕易就灑糖，但從湯米與陶品絲彼此互補的性格設定，你很快就會了解這段友情遲早要昇華成戀情。

你可以懷疑，金庸筆下的郭靖、黃蓉這對射鵰俠侶設定，是不是抄襲自湯米與陶品絲。因為郭靖和湯米一樣，是個有點遲鈍的傻大個——湯米的傻可不是我說的，是克莉絲蒂這樣寫：「湯米不太聰明……但他的慧眼絕對能一眼看穿真偽。」不只如此，克莉絲蒂還形容他「有張（看得過去）的醜臉」。到底什麼樣的長相是「醜但看得過去」？克莉絲蒂只說這種長相是「很難歸類」，而且是「綜合紳士與運動員的臉孔」。這種先踹後捧的寫法我是不會買單的，湯米擺明就是個不會被稱為男神的樸拙男性。

而陶品絲與湯米完全相反，下面這段克莉絲蒂的形容，會不會讓你腦中浮現一個二〇年代的黃蓉模樣？

陶品絲稱不上漂亮，可是那張小臉蛋上有著精靈般的線條、堅毅的下巴，還有一雙隔得很開、從平直的黑眉毛下望去迷迷濛濛的灰色大眼，在在表現出個性和魅力……她的外表散發著一股敢作敢為、精明能幹的味道。

「精靈般」、「個性魅力」、「敢作敢為精明能幹」，這是一位充滿行動力又特立獨行的女性，剛好補足了湯米謹慎緩行的保守個性。當久違重逢的湯米與陶品絲一起討論該如何賺錢，他們在排除繼承遺產（沒有任何親戚有遺產）與為錢結婚（兩人的異性緣都少得可憐）兩個途徑後，決定還是親力親為白手起家。但是誰先提出一起合夥開公司的點子呢？當然是即知即行的陶品絲！他們決定開一家「青年冒險家企業」，名稱響噹噹，事實上，他們開的是《銀魂》裡的「萬事屋」生意：有錢，什麼活我們都幹。

這種歡快的氣氛，引領湯米與陶品絲穿梭一個又一個謎團，大到《密碼》裡追捕兩名納粹間諜，小到《顫刺的預兆》裡的養老院祕密。即便他們沒有在解謎，光是看湯米與陶品絲鬥嘴聊天就很有趣，而這是有別於白羅系列或瑪波小姐系列的獨特樂趣。

這種創作上的玩心有時不是那麼容易發現，例如在《鴛鴦神探》這本短篇小說集裡，每個小短篇不但都是貝里福夫妻的探險歷程，同時也是克莉絲蒂的諧仿之作——每一篇內容都隱射推理黃金年代的名作家或名角色。例如〈女士失蹤了〉致敬了福爾摩斯的〈法蘭西斯・卡法克小姐的失蹤〉（*The Disappearance of Lady Frances Carfax*）；〈霧中人〉則諧仿了史上最厲害的「神父偵探」布朗神父……克莉絲蒂甚至諧仿自己，在《鴛鴦神探》的最後一個故事〈代號十六的人〉裡，湯米自稱是「沒長鬍鬚但智力過人」的白羅！

湯米與陶品絲系列的五本小說，自《隱身魔鬼》到最後的《死亡暗道》，克莉絲蒂創作的時間橫跨五十年，我們可以看著貝里福夫妻逐漸變老。福爾摩斯也會老，白羅也會老到糊塗，但是湯米與陶品絲卻老得很愉快。他們始終愉快，不管是年輕或蒼老，這讓閱讀五本湯米與陶品絲系列的體驗，宛如身處春風之中一樣愉快，值得推薦給長期與雨劍風刀相伴的推理粉絲。

當然，除了湯米與陶品絲系列之外，克莉絲蒂還有不少經典：《一個都不留》自然不用多提；《無辜者的試煉》是我個人特別喜愛的一本小說，我在遠流的App「謀殺天后密室」裡的「密室之聲」Podcast第十六集裡，談過這本講述家庭內情勒暴力的小說；此外還有曾與白羅合作過的雷斯上校探案《褐衣男子》與《魂縈舊恨》，以及性格沒那麼出彩的穩重蘇格蘭警場刑事主任巴鬥，他的幾本小說包括《煙囪的祕密》、《七鐘面》、《殺人不難》與《本末倒置》也包含在內，特別值得一提的是，《本末倒置》是克莉絲蒂本人最喜歡的十部作品之一。而《謎樣的鬼豔先生》中的哈利・鬼豔，是唯一獲得克莉絲蒂獻詞的偵探。

獻詞

阿嘉莎・克莉絲蒂是世界讀者最眾，也最廣受喜愛的女作家。
身為克莉絲蒂的孫兒，我相信奶奶會非常樂見這次出版，
因為她極以自己作品中的趣味與娛樂為豪。
歡迎所有喜歡本系列的台灣新讀者參與這場饗宴！

——馬修・培察（Mathew Prichard）

／01

頭等吸菸車廂的角落裡，坐著新近退休的賈士帝．沃格夫法官。他抽著雪茄，饒有興趣地瀏覽著《泰晤士報》上的政治新聞。

他放下報紙，瞥了窗外一眼，火車正行經薩默塞特郡[1]。沃格夫看了一下手錶，還要兩個小時。

沃格夫腦中想著報上種種關於戰士島的報導。戰士島原本被一名酷愛航行的美國富豪買下來，此人在這座德文郡沿海的小島上，蓋了一棟花費不貲的豪華別墅。可惜，他的第三任

1　薩默塞特郡（Somerset），位於英格蘭西南部。

妻子會暈船，富翁只得忍痛割愛，將別墅和島嶼出售。一時間，大大小小的廣告充斥在報刊上，接著，有人宣稱小島被某位歐文先生買走了，然後種種流言蜚語接踵而至。有的說，戰士島其實是被一位好萊塢明星嘉寶．特爾小姐買去的，她希望每年在小島上度過幾個月遠離媒體追逐的日子！《迅蜂》雜誌上則巧妙地暗示，該島將成為王室的另一處行宮！然而馬利維先生偷偷告訴他說，這個地方已經被人買來當作度蜜月的勝地……年輕的L貴族終於向愛神投降。喬納斯則胸有成竹地表示，戰士島早就被英國海軍買下來，打算作為祕密實驗基地！

顯然，戰士島成了熱門新聞！

賈士帝．沃格夫先生從口袋裡掏出一封信，信上的字跡雖難以辨識，卻不時會出現幾個清楚的字體。

親愛的勞倫斯……這麼多年未有你的消息……請務必到戰士島……最迷人的地方……有好多話想說……往昔的歲月……與自然交融……徜徉於陽光下……十二點四十分從派汀頓……在橡木橋見……

最後寫信的女子用花體字簽下「永遠的康絲婷．卡明頓」。

沃格夫想起他最後一次見到康絲婷．卡明頓夫人的情景。那是七年……不，八年前的事了。當時她專程到義大利享受陽光的熾烤，說要與大自然為伍，做個義大利農婦。後來，聽說她乾脆去了敘利亞，準備接受更嚴厲的烈陽酷曬，再與大自然為伍，做個貝都因人。

他心想，康絲婷．卡明頓正是那種會買下整座島嶼、讓自己環繞在神祕氛圍之中的女人！賈士帝，沃格夫先生對自己的推論滿意地點點頭，點著，點著……

他睡著了。

§

三等車廂裡只有五、六個乘客。薇拉．柯索恩靠在椅子上閉目養神。她心想，今天來搭火車實在太熱了！等到了海邊應該就會好一點！她能得到這份工作真是運氣。假期間能找到的工作，通常不外是看孩子。祕書工作難找多了，就連職業介紹所也不抱希望。

可是後來她收到信了，信上說：

職業婦女介紹所向我推薦您。她們對您的為人十分了解。我很樂意提供您所要求的薪資，希望您能自八月八日起開始工作。火車十二點四十分從派汀頓出發，有人會在橡木橋接您。隨信附上五英鎊路費。

尤娜．南西．歐文　敬上

信頭上印著住址：戰士島，口角港，德文郡……

戰士島！近來報上都在討論這個島嶼，充斥著各種有趣的謠傳，雖然大部分只是空穴來風，不過那棟豪宅一定是位百萬富豪蓋起來的，據說是奢華無比。

薇拉．柯索恩最近被學校繁忙的工作弄得精疲力竭，她心想：「在三流學校當個體育老師實在沒什麼前景……如果我能在好學校裡找到工作就好了。」接著她心頭一凜，思忖道：「不過，我目前已經很幸運了。畢竟，一般人都不喜歡雇用被審訊過的人，即使我並未受到起訴！」

她記得驗屍官甚至還誇她勇敢沉著，讓審訊進行得異常順利，而且漢米頓太太對她也很好。只有雨果……她不願想起雨果！

儘管車廂裡酷熱難耐，薇拉還是忍不住打了個寒顫。她甚至暗暗希望自己不是坐在前往海島的火車上。薇拉眼前浮現一幅清晰的畫面：西羅的頭，一起一伏，向礁石游去，一起一伏，一起一伏……而她自己則以平常的速度，輕鬆地游在他後頭。她划著水，卻很清楚自己是追不上了……

海，湛藍溫暖的海水，無數躺在沙灘上的清晨。雨果，雨果對她傾吐著愛意……

她不該再想雨果了……

薇拉睜開眼睛，朝著對面的男人皺皺眉。此人面目黧黑，身形高長，一對淡色眼睛生得十分窄近，一張嘴則傲慢得近乎殘酷。

薇拉想：「這人八成去過一些不尋常的地方，見過一些不一樣的事。」

§

菲利普・隆巴德僅僅瞄了對面的女孩一眼，便下了判斷，他心想：「滿迷人的，可能是老師吧。」

一個冷靜的女人，他猜測，想必在熱戀中或者身處戰時都能夠從容自持。他倒是很想雇用她……

隆巴德皺皺眉。不行，別胡思亂想了。他是來辦事的，得把心神放在工作上才行。

那個小猶太人究竟想做什麼？隆巴德心想，為什麼一直神祕兮兮的？

「要還是不要，隆巴德上尉？」

他緩緩問道：「一百金幣，是嗎？」

隆巴德故作輕鬆地問，彷彿一百元金幣對他不算什麼。但實際上，一百元金幣足夠他後半生衣食無虞了。不過，他覺得那個小猶太人應該沒被他騙倒。猶太人這點最令人沒轍。說到錢，你絕對唬不了他們，他們太精明了！

他仍然用漫不經心的語氣說：「你不能再提供更多資料嗎？」

艾薩克．莫禮斯先生搖搖微禿的腦袋。

「不能，隆巴德上尉，事情就這樣。我的委託人聽說你素以臨危不亂聞名。他託我付給你一百基尼金幣作為你到德文郡口角港的報酬。距離那邊最近的車站是橡木橋，你會在那裡遇到接待人員和開往口角港的汽車。到了口角港後，會有汽艇送你上戰士島，然後一切便交由我的當事人安排了。」

隆巴德突然問：「那要花多長時間？」

「最多不超過一星期。」

隆巴德摸摸自己那撮小鬍子，說：「你知道我不是什麼都做的……這事違法嗎？」

說這話時，隆巴德飛快地瞥了莫禮斯一眼。

一絲不易覺察的微笑浮上莫禮斯那猶太人特有的厚唇上，他用低沉的聲音回答說：「若有違法的事，你……當然了，大可以抽身離開。」

該死，這狡猾的小畜生，他竟然笑了！他似乎相當清楚隆巴德以前也不是什麼奉公守法的人……

隆巴德咧嘴一笑。

啊，他是有一兩次差點失手！不過最後都順利脫身了！老實說，他不是那種會畫地自限的人……

沒錯，他沒有那麼畫地自限，隆巴德覺得自己在戰士島上一定會過得很愉快……

§

在禁菸車廂裡，愛蜜莉．布蘭特小姐像平時一樣，挺直了腰桿坐在座位上。六十五歲的她很討厭別人一副懶骨頭的樣子，因為她父親是位守舊的陸軍上校，特別講究儀態。

現在的年輕人實在太不像話了，無論是在火車上，或是在其他方面……

坐在擁擠的三等車廂裡，布蘭特小姐完全浸淫在自己營造的「止乎禮」的氛圍中，渾然不覺車廂裡的炎熱與嘈雜。現代人總愛小題大做！拔牙要打止痛針，睡不著覺要吃安眠藥，要有舒服的椅子和墊子才肯坐，女孩的穿著隨隨便便，到了夏天，到處可見她們幾呈半裸地躺在海灘上。

布蘭特小姐緊閉嘴角，打直腰桿，她想給周圍的人立個榜樣。

布蘭特小姐想起了去年暑假。而今年暑假，將和去年迥然不同。

戰士島……

她又看起那封她已讀過無數次的信函：

親愛的布蘭特小姐：

希望您還記得我？幾年前的某個八月，我們同住在貝海文旅館。我們似乎有著很多共通之處。

目前我在德文郡沿海的小島上開了一家旅館。我想我們有個職缺，需要一位善良守舊、懂得烹飪的人。在這邊看不到半裸的人，也不會在半夜裡受到留聲機的騷擾。如果您能到戰士島度一個暑假，我將十分高興。八月初是否合適？大約是八月八日。

您忠誠的　U·N·O

這名字是什麼啊？它的簽名很難辨認，愛蜜莉·布蘭特不耐煩地想，好多人簽名都簽得很隨便。

她的思緒回到了貝海文，她連著在那邊度過兩個夏天，遇見了一位漂亮的中年女人……叫什麼小姐來著？她的父親是位傳教士。還有一位奧頓太太——渥曼太太——不對，是歐利佛太太！沒錯，是歐利佛太太。

戰士島！報紙上有刊登過它的報導。它屬於一個好萊塢明星……或那個美國百萬富豪？

當然了，那種地方一般都賣得很便宜，因為海島並不一定適合每個人居住。人們會把海島想得很浪漫，不過一旦生活其中，便會發現實際上有許多不便，而巴不得快些脫手。

愛蜜莉．布蘭特心想：「無論如何，我會有段免費的假期。」

隨著收入急遽下降，加上收不到股息，愛蜜莉的確得把這點考慮進去。如果她能多想起歐利佛太太——或歐利佛小姐——的一些點滴就好了。

§

麥卡瑟將軍望向窗外，火車正駛入埃克塞特，他得在那裡換車。真可恨，這些支線火車開得也太慢了吧！這個叫戰士島的地方，應該不會太遠才是。

他還沒有搞清楚歐文這傢伙究竟是誰，此人顯然是斯普．洛格……以及強尼．戴爾的朋友。

「你的幾位老友都會來，大家可以一起敘舊。」

啊，他最喜歡和人敘舊話從頭，只是近來他覺得朋友們都在躲避他。都是那些該死的謠言。天啊，太可怕了，那差不多是三十年前的事了！八成是阿米塔說的，該死的東西！他知道什麼？算了，這些事多想無益！人就是會胡思亂想，總以為有人用奇怪的眼光看你！

他倒是很想瞧瞧這個戰士島，有關它的傳言太多了。聽說戰士島已經歸海軍還是戰爭部或是空軍所有了……

據說戰士島是那個年輕的美國百萬富翁愛默．羅布森花了大把銀子打造出來的，每處都是極盡奢華之能事……

埃克塞特！還要再等一個小時！他真有點等不及了。恨不能立刻到達……

§

阿姆斯壯醫生駕著車穿越薩里斯堡平原。他非常疲累。成功是要付出代價的。阿姆斯壯的診所坐落在哈利大街上，裡面裝潢典雅，有著最先進的設備和最昂貴的家具。可是有很長一段時間，他只是坐在那裡空等，等待自己的成功，或失敗……

啊，他確實成功了！他運氣很好！當然是運氣加上技術囉。阿姆斯壯的醫術相當精湛，但僅憑這點並不足以成功，還得靠運氣。而他的運氣的確不錯！他幫幾位女性患者治好了病……幾位有錢有勢的女患者。她們感激之餘，幫他四處宣傳。「你一定得去找阿姆斯壯醫生。別看他年紀輕輕，醫術可是高明得很。他多年來看過各種各樣的疾病，病症判斷得奇準奇快。」於是他就這麼紅起來了。

現在阿姆斯壯真的成功了，他的行程全滿，幾乎沒有空閒時間。因此，在這個八月的早晨，他很高興能離開倫敦，到德文郡沿海某個小島上輕鬆幾天。但這不能算是假期，他收到的那封信措辭含糊，但隨信附來的支票並不含糊，好大一筆錢哩！這個姓歐文的人家必然十分富裕。不過有點麻煩的是，那位先生似乎很擔心妻子的健康，希望能在不驚動妻子、別讓她知道是醫生在看診的狀況下，幫她看病。她很神經質……

神經質！醫生抬了抬眉毛。這些神經質的女人！不過，他的生意倒是因此受益良多。找他看病的婦女半數以上沒病，只是日子過得太乏味而已，但是她們可不喜歡聽實話！還好，人的身體總是能挑到一點毛病。

「這種輕微的（一長串專有名詞），不是很嚴重。不過還是要治一下，療法很簡單。」

醫學這玩意兒多半是相信了就會好，而儀態翩翩的阿姆斯壯則很能激發患者的希望與信念。

幸好十年前——不，是十五年前——他能在那件事發生之後及時振作起來。他的前途差點因此給毀了！他曾經頹廢過，那次的打擊令他重新出發，徹底戒了酒。天啊，真是太險了，雖然……

一陣震耳欲聾的喇叭聲乍然響起，一輛巨大的高級轎車以每小時八十英里的速度從他身邊呼嘯而過。阿姆斯壯躲閃不及，差點撞進樹籬中。又是那種在鄉間橫衝直撞的年輕蠢貨。阿姆斯壯痛恨這種人，而且剛才實在太驚險了。該死的蠢貨！

§

東尼．馬斯頓的汽車呼嘯著開進了米爾，他心想：「路上車子多成這樣實在太可怕了，老是有車擋在你前面，而且他們竟然還開到路中央呢！在英格蘭開車實在太悶了，哪像在法國，可以放開了飆車……」

他是該停下來喝點東西，還是該繼續開下去？反正時間還多！只剩下一百多英里了，不如去喝點琴酒和薑汁汽水吧，天氣實在熱煞人也！

如果一直這麼熱下去，戰士島應該會是個避暑的好去處。他一直弄不清楚歐文一家究竟是何方神聖，可能是那種勢利的有錢人吧。巴杰最擅長打探這類人的醜聞了。當然了，他是不得不然，那可憐的老傢伙窮到家徒四壁了……

但願他們肯大方地供他酒喝，這些白手起家、非出身名門的人，誰也料不準。可惜關於嘉寶．特爾小姐買下戰士島的傳聞是假的，否則他還真想和那個大明星共處幾天哩。

唉，算了，島上應該會有一些女孩……

東尼從旅館出來，伸伸懶腰，打了個長長的呵欠，仰頭看看藍天，然後鑽進車裡。幾個年輕女人站在路邊，一臉欣賞地看著他……東尼足足有六英尺高，身材勻稱，頭髮鬈曲，面孔曬得銅亮，還有一對熱情的藍眼睛。

東尼踩上離合器，汽車轟鳴著躍上窄窄的街道。老人和孩子嚇得四散奔逃，孩子們還羨慕地目送著他。

東尼·馬斯頓得意地揚長而去。

§

布洛爾先生坐在從普利茅斯開出的慢車上，車廂裡除了他，只有一名視力模糊的老海員，而且這會兒已經睡著了。

布洛爾先生認真地在本子上寫著東西。

「全在這兒啦。」他自言自語，「愛蜜莉·布蘭特、薇拉·柯索恩、阿姆斯壯醫生、東尼·馬斯頓、賈士帝·沃格夫老先生、菲利普·隆巴德、麥卡瑟將軍、某男僕和他的妻子——羅杰斯夫婦。」

布洛爾闔上本子放回口袋，瞄了角落裡沉睡的老人一眼。

「醉得七葷八素。」他一眼就瞧出來了。

布洛爾先生在心中仔細將諸多事項思慮一遍。

「工作應該很容易才對。」他反覆思忖道，「怎麼看都不會出差錯。但願我看起來還體面。」

布洛爾站起來，緊張地在鏡子前打量自己。鏡子裡是一張瘦長、蓄著小鬍子、頗有軍人氣質的臉。但上面毫無表情，兩隻灰色眼睛緊緊依偎在一塊兒。

「說是少校也不為過。」布洛爾說，「不行，我忘了，那裡有個老將軍，他一下就會看穿我了……就說我是南非來的吧！那些人沒一個和南非有牽扯，而且我剛剛讀過旅遊指南，到時候聊起來應該不會出差錯。」

幸虧有各形各色的殖民地居民。布洛爾覺得，佯稱自己來自南非，比較容易打入各種社交圈而不會穿幫。

戰士島。他小時候就知道這個地方了……小島距海岸約一海里，島上到處都是海鷗堆糞的臭氣。

把別墅蓋在那種地方真是太滑稽了！天氣變壞時，那裡簡直無法住人！不過有錢人就是喜歡異想天開！

角落裡的老人醒了，他說：「你永遠摸不透大海的脾氣，永遠摸不透！」

布洛爾先生附和道：「是啊，誰都摸不透！」

老人打了兩個嗝，然後悲哀地說：「暴風雨要來了。」

布洛爾先生表示：「不會的，老先生，天氣好得很呢。」

老人憤憤地說：「暴風雨就要來了，我已經聞到氣味了。」

「也許你是對的。」布洛爾息事寧人地表示。

火車到站了，老人顫顫巍巍地站起來。

「我該下車了。」

他摸索著窗戶，布洛爾走過來幫他。

老人站在門口，抬起沉重的手，並眨眨一對睡眼。

「祈禱吧，」他說，「祈禱吧，審判之日就要到了。」

老人從車廂門口跌到月台上，躺在地上的他，仍不斷嚴肅地對布洛爾說：「我在跟你說話呀，年輕人，審判之日就要到了。」

布洛爾回到座位上，心想：「只怕他的末日會比我先到咧！」

然而這一次，布洛爾錯了……

／02

橡木橋車站外，一小群剛下車的旅客遲疑地站立了片刻。他們身後是提著行李的腳夫。其中一個人喊道：「吉姆！」

一名計程車司機向前走了過來。

「您是去戰士島嗎？」司機用輕柔的德文郡口音問道。

有四個聲音一起答「是」。話音剛落，每個人很快地偷瞄了其他三人一眼。

司機把目光停留在四人中最年長的賈士帝．沃格夫身上，他說：「先生，這邊有兩輛計程車，其中一輛得等候從埃克塞特開過來的慢車——大約還要五分鐘——因為有位先生會搭那班車前來。有一個人願意等等嗎？那樣坐起車來會舒服些。」

很清楚祕書應該謹守分寸的薇拉．柯索恩立即表示：「我可以等。」說完她看看其他三位。「如果你們要先去的話。」

她的聲音和眼神都帶了一絲威儀，也許這跟她長久職掌管理之務有關。她平常可能負責分配學生打網球的場地。

布蘭特小姐生硬地表示「謝謝你」，然後頭一彎，坐進車裡。司機則一直在旁扶著車門。

沃格夫先生也跟著上了車。

隆巴德上尉說：「我和這位小姐一起等，小姐是……」

「我姓柯索恩。」薇拉表示。

「在下隆巴德，菲利普‧隆巴德。」

腳夫把行李搬上車子。

車座內，賈士帝‧沃格夫客氣地表示：「看來我們會有風和日麗的一天。」

布蘭特小姐應道：「是啊，確實。」

她心想，真是一位文質彬彬的老紳士，一點也不像海濱旅館常見的那些人。看來歐利佛太太或小姐結交的都是有身分的人……

沃格夫先生問道：「您對這個地方熟嗎？」

「我去過康沃爾和托基，但德文郡的這個地方倒是頭一次來。」

那位法官表示：「這地方我也不熟。」

計程車出發了。
第二輛計程車的司機對薇拉和隆巴德說：「要不要先進來坐坐，邊坐邊等？」
薇拉堅決地表示：「不用了。」
隆巴德上尉笑了笑說：「陽光愈來愈烈了，要不然先進車站裡吧？」
「真的不用了。剛剛才從悶熱的車廂出來，我覺得這樣很好。」
隆巴德答道：「是啊，這種天氣坐火車真的很不舒服。」
薇拉老套地表示：「希望天氣能維持下去，英國夏天的天氣實在太多變了。」
隆巴德沒話找話地問道：「你對這個地方熟悉嗎？」
「不熟，以前從沒來過。」為了讓對方明瞭自己的身分，薇拉又迅速地加上一句：「我連我的雇主都還沒見過呢。」
「你的雇主？」
「是的，我是歐文太太的祕書。」
「噢，原來如此。」從隆巴德的聲音可以聽出他態度明顯的轉變……比較安心了，也隨和了些。「真是太令人訝異了。」
薇拉笑了。
「噢，不會啊。她的祕書突然生病了，她發電報給職業介紹所，要求提供人選，職業介紹所便推薦我來。」

「是這樣呀。萬一你到了那邊，卻不喜歡那份工作呢？」

薇拉又笑了。

「那只是臨時的暑期工作而已，我在女子學校裡有份正職。事實上，我很高興自己能到戰士島。報上有那麼多關於它的報導。戰士島真的那麼迷人嗎？」

隆巴德說：「不知道。我從沒來過。」

「噢，真的嗎？我想歐文夫婦一定很喜歡這地方吧。歐文夫婦長什麼樣子，能不能麻煩你告訴我？」

隆巴德心想：「這倒麻煩了。我該跟她說自己見過還是沒見過他們呢？」

他很快地說：「哎呀，有一隻黃蜂爬在你手臂上了。別動，千萬別動。」然後他作勢一拍。「好啦，飛走了！」

「啊，謝謝你。今年夏天黃蜂特別多。」

「是的，大概是天氣太熱了。你知道我們在等誰嗎？」

「一點也不知道。」

火車迫近的長鳴聲傳了過來。

隆巴德說：「應該就是這班車了。」

一名高個子、頗有軍人風範的老頭子出現在月台出口。老人精神矍鑠，銀灰色的頭髮剪得精短，幾乎全白的鬍子也修剪得整整齊齊。

他身旁的腳夫被肩上的大皮箱壓得搖搖晃晃，腳夫對薇拉和隆巴德做了個手勢。

薇拉稱職地走上前說：「我是歐文太太的祕書。車子正在等您呢。」然後又加上一句：「這位是隆巴德先生。」

老人那雙雖顯暗淡但仍十分敏銳的目光落在隆巴德身上。有那麼一會兒，他的眼神中流露著對隆巴德的評斷，如果有人看得懂，那應該是：「帥是帥，但一定有問題……」

三個人坐進了計程車。車子穿過橡木橋寂靜的街道，又在普利茅斯大道上跑了大約一英里，最後進入迷宮般的鄉間小路，小路淨皆狹窄、顛簸，綠樹夾道。

麥卡瑟將軍說話了：「我對德文郡這一帶一點也不熟。敝舍在東德文，剛好與多塞特接壤。」

薇拉說：「這裡真的好美呵。青山紅土，加上一片翠綠，看來美極了。」

隆巴德說：「就是有些閉塞……我喜歡遼闊的鄉間，在那兒一切都能盡收眼底……」

麥卡瑟將軍問隆巴德說：「我想，你一定出國遊歷過吧？」

隆巴德輕蔑地聳聳肩。

「是的，我是跑過一些地方，先生。」

他心想：「接下來他大概要問，我的年紀上過戰場沒有，這些老傢伙總愛這麼問。」

但是，麥卡瑟將軍沒有提到戰爭。

§

車子越過陡峭的山坡之後，來到了口角港。這邊僅有幾排村舍以及一兩艘停泊在岸邊的漁船。

在夕陽的照耀下，眾人第一次看到聳立在海面南邊的戰士島。

薇拉驚呼道：「這麼遠啊！」

她原本想像海島近在岸邊，有著美麗的白色洋房。但放眼望去，根本看不到房子，只是一大塊剪影略像頭顱的巨岩，看起來甚是陰森。薇拉禁不住微微發起抖來。

在一家名為「七星」的小旅館外坐著三個人。老法官微駝的身影，挺直腰身的布蘭特小姐，以及第三位人士——一名魁梧而吊兒郎當的男子。男子走上前來自我介紹。

「我們覺得還是等你們一起走比較好。請容我自我介紹。名字：戴維斯；出生地：南非。哈哈！」

他輕鬆地笑著。

退休的沃格夫法官惡狠狠地看著他，似乎巴不得叫人把他趕出庭外。愛蜜莉・布蘭特小姐則顯然不太喜歡殖民地的居民。

「上船前有人想喝點什麼嗎？」戴維斯先生熱心地問。

無人回應。戴維斯轉身用手指招了一下。

「那麼我就不耽擱了。好客的男女主人正等著我們呢。」他說。

他感覺到眾人的情緒頗為緊張，好像提到主人竟把客人嚇住了。

看到戴維斯先生的手勢，一個男人走了過來。方才他一直倚在附近的牆邊。從他搖晃的步履看來，必然是位行船人，此人一臉風霜，一雙黑眼睛游移不定，說話帶著德文郡的輕軟口音。

「各位先生女士，準備上島了嗎？船正等著呢。還有兩位先生要開車過來，不過歐文先生說不等他們了，因為不知道他們何時會到。」

幾個人全站起來，隨著帶路者沿石砌小碼頭走過去。一艘汽船停靠在碼頭邊。

愛蜜莉・布蘭特說：「這船好小。」

船主解釋說：「這可是艘上好的船，夫人，一眨眼就可以到普利茅斯了。」

沃格夫先生立刻表示：「我們人滿多的。」

「再多一倍也沒問題，先生。」

隆巴德用輕鬆愉快的聲音說：「沒問題的，天氣很棒，沒什麼風浪。」

布蘭特小姐在猶豫中讓別人攙扶上船，其他人也跟著魚貫而入。迄今為止，遊客相互間都還相當冷淡，彷彿彼此心存戒意。

就在正要解開纜繩時，船夫突然住了手，繩子還握在手裡。

在村子陡斜的小路上，一輛汽車迎面駛來。那是一輛超強馬力而外型絢麗的汽車，活脫脫是具神祕怪獸。方向盤後坐著一名青年，頭髮被風吹得向後高高揚起。在落日餘暉中，他看上去不像人，倒像一名年輕的神祇，一名從北歐冒險故事裡走出來的大英雄。

青年按響喇叭，巨大的聲音在海灣的岩石間迴盪。

那是個奇特的時刻。那一刻，東尼·馬斯頓似乎化為不朽，給在場的許多人留下了深刻的印象。

§

坐在船頭的費迪·納拉科覺得這群人十分怪異，和他想像中歐文先生的客人完全不一樣。他覺得歐文先生的客人應該更高貴些才對，就像豪華遊艇上那些盛裝打扮、富有而傲慢的賓客。

他們也不像愛默・羅布森先生的那些朋友。想起那位百萬富翁的客人，一縷微笑浮上了納拉科的唇邊。那些人高興就開個派對，通宵達旦地縱酒狂歡！

納拉科心想，這位歐文先生一定十分與眾不同，怪的是，他至今還沒見過歐文先生……也沒見過歐文夫人。因為歐文先生從沒來過這兒，所有事全交給那個莫禮斯先生代理。他的一切指示都很清楚，報酬也是當場交付。但還是很奇怪啊！報上說歐文先生是位神祕人物，看來果真不錯。

或許最終還是嘉寶・特爾小姐買下了戰士島吧。但納拉科轉身再看看船上的客人，立刻打消了這個念頭。不是同一個圈子，這些人看上去沒一個像是會和明星交往的。

他冷靜地一一研判這些人。

有一位是老處女，很迂腐的那種……這種人他最了解了，八成很難應付。那個像軍人的老紳士，看起來真的很有軍人架式。有位年輕清秀的小姐，但她沒什麼特色，不夠亮眼，搆不上好萊塢的氣質。那個說話直爽、嘻嘻哈哈的先生應該不是什麼有身分的人，可能就是個退休的生意人吧，納拉科心想。另外那個瘦子雖然滿臉饑色，眼神倒很機靈，看來古里古怪。他倒是有可能跟電影界有點關係。

船上只有一名遊客讓人看了順眼，就是最後開車來的那位（多漂亮的車子啊！這種車以前在口角港從未見過。買一輛這樣的車一定得花好多好多的錢）。這人看起來就對了，一副出身豪門的樣子。如果船上這群人都像他，這才說得過去嘛。

這事愈想愈詭異。從頭到尾都很怪，非常的怪……

§

汽船突突有聲地繞過礁石，他們終於看到島上的別墅了。島的南面與其他地區很不一樣，地勢緩緩地沒入海面下。別墅的正面朝南，是一棟低矮的方形建築，外觀很新潮，尤其是那些設計新奇的圓形大窗戶，可以納入所有天光。

一棟讓人興奮的房子……和人們所期待的一樣！

納拉科關上引擎，汽艇緩緩進入岩石間一個天然形成的水灣。

隆巴德說：「天氣惡劣時，一定很難在這邊登岸。」

納拉科笑著說：「颳東南風的時候是不能在戰士島登岸的，有時長達一個多星期斷絕交通哩。」

薇拉‧柯索恩心想：「吃飯一定很麻煩，這是海島最不方便的地方，在這裡連日常起居都需大費周章。」

汽船停靠在岸邊的礁石旁。納拉科跳下船，和隆巴德一起扶其他人下船。然後，他迅速地把船拴在礁石上，領著眾人踏上石階。這些石階都是沿著懸崖開鑿出來的。

麥卡瑟將軍說：「哈！好地方！」

其實他心裡很不自在。什麼該死的鬼地方。

眾人拾級而上，來到上邊的露台，大家精神為之一振。別墅大門洞開，一名衣著體面的男管家正在門口恭候他們，男管家的嚴肅莊重，使眾人心中的憂慮盡掃。別墅本身確實非常漂亮，露台上的景觀更是宏偉……

管家走上前微微鞠了個躬。他身材修長，一頭灰髮，態度謙恭。他說：「各位請隨我來。」

寬敞的大廳裡，各式飲料都已準備妥當，一排排的瓶罐豎立。東尼．馬斯頓心頭略喜。他本來還想，怎麼碰上一群怪物，和我都不同掛！老巴杰到底在想什麼，幹嘛要他來這裡？不過，這裡是有些好酒，而且還放了許多冰塊。

那管家在說什麼呀？

歐文先生不巧被耽擱了，明天才能到。各位要什麼請儘管吩咐……先請各位回自己房間……晚餐八點開飯……

§

薇拉跟著羅杰斯太太上了樓。羅杰斯太太推開走廊盡頭的一扇門，映入薇拉眼簾的是一間非常雅致的臥室。兩扇大片的窗戶，一臨海，一朝東。薇拉高興得叫了起來。

羅杰斯太太說：「希望你還滿意這裡的一切，小姐。」

薇拉看看四周。她的行李已經送到而且解開了。房間另一邊有扇門，通往淡藍色瓷磚鑲嵌的浴室。

她很快地表示：「很好，我覺得一切都很好。」

「若想要什麼，請搖搖鈴，小姐。」

羅杰斯太太的聲音平淡、單調。薇拉好奇地上下打量她。一個幽靈般蒼白的女人！穿著一身黑衣，頭髮整整齊齊地梳向後面，外表看起來端莊自重，只是古怪的眼光從頭到尾飄移不定。

薇拉想：「看起來她連自己的影子都害怕。」

是的，沒錯，她在害怕！

她走著，看上去像是內心藏著莫大的恐懼……

薇拉背上一陣發冷。這個女人究竟在怕什麼？

薇拉客氣地表示：「我是歐文太太新請來的祕書。我想你已經知道了。」
羅杰斯太太說：「不，小姐，我不知道。我只是根據客人的名單安排住房而已。」
薇拉說道：「歐文太太沒提起過我嗎？」
羅杰斯太太的睫毛閃動了一下。
「我沒見過歐文太太……還沒。我們兩天前才到這兒。」
歐文夫婦真是一對怪人，薇拉心想。她大聲問道：「這裡有哪些僕役？」
「只有我和羅杰斯而已，小姐。」
薇拉皺起了眉頭。整座別墅裡有八個人——加上男女主人十個——卻只有一對夫婦為他們服務。
羅杰斯太太說：「我擅長烹飪，羅杰斯長於料理家事。當然，我事先並不知道會來這麼多人。」
薇拉問：「你忙得過來嗎？」
「噢，可以，小姐，我忙得過來。如果經常有這麼多客人，或許歐文太太會另外增加人手。」
薇拉說：「但願如此。」
羅杰斯太太轉身離去，腳步踩地無聲，像個影子似的從房裡消失了。

薇拉走到窗邊坐下。她心裡有點慌亂。不知道怎麼回事，眼前的一切都有點怪異。歐文夫婦隱而不見，幽靈般的羅杰斯太太，以及那群賓客！是的，這些來人也都很詭異。一群怪客。

「希望能見到歐文夫婦……真想知道他們長什麼樣子。」

她站起來，煩躁不安地在房間裡走來走去。

這是一間現代風格的臥室。光滑的鑲木地板上鋪著米色的地毯，淺色牆壁四立，還有一面映著天光的長鏡。壁爐架上放著一大塊白色大理石刻成的熊形現代雕塑，雕塑中嵌著一面時鐘。時鐘的鍍鉻框上，有張方整的羊皮紙，上面寫了首詩。

薇拉站到壁爐前讀著，這是首古老的童謠，她從小就會唸。

十個小小戰士吃飯去，
一個嗆死剩九個。
九個小小戰士睡過頭，
一個不醒剩八個。
八個小小戰士遊德文，
一個留住剩七個。

七個小小戰士砍樹枝，
一個砍死剩六個。
六個小小戰士玩蜂箱，
螫死一個剩五個。
五個小小戰士打官司，
一進法院剩四個。
四個小小戰士出海去，
燻青魚吞剩三個。
三個小小戰士上動物園，
大熊抓去剩兩個。
兩個小小戰士曬太陽，
曬焦一個剩一個。
一個小小戰士太孤單，
吊死了自己，
一個都不留。

薇拉笑了。沒錯！這裡就是戰士島！

她再度坐到窗口下，遠眺一望無際的大海。

大海真寬闊呀！四周看不到一點陸地。只有湛藍的海水在夕陽下蕩漾。

眼下的大海如此溫柔平靜，有時卻又殘酷無比……把人拖下海底。下沉……下沉……沉向海底……下沉，下沉，下沉……

不，她不願去回想。她不願再憶起。

一切全都過去了……

§

就在夕陽沉入海面時，阿姆斯壯醫生來到了戰士島。渡海時他和開船的人聊了一下。船夫是當地人，他很想知道戰士島島主的情形，但納拉科看來消息不甚靈通，或者他根本不想多談。

因此，阿姆斯壯一路只能無關痛癢地和他聊聊天氣、釣魚之類的話題。

長途駕車後，阿姆斯壯感覺相當疲勞，連眼睛都在發疼，因為一路西行，等於是迎著太陽開車的。

是的，他倦極了。他最需要的正是海洋與全然的幽靜，他很想放個長假，但沒有那個條件。他當然可以負擔得起費用，卻無法從工作中脫身。現代社會，稍一懈怠就會被淘汰。他好不容易才爬到現在這個位置，他一定不能鬆懈。

阿姆斯壯心想：「不過今晚，我可以假裝自己回不去了……可以假裝和倫敦、哈利大街以及其他的一切都沒關係。」

這個戰士島有股魅力，會引人遐想。到了這裡就與世隔絕了，小島本身便是一個獨立的世界，一個你也許永遠不可能再回來的世界。

「我就要把日常生活都拋在身後啦。」他想。

阿姆斯壯邊笑邊為自己的未來制定美妙的計畫，他沿著石階往上走的時候，臉上仍然掛著笑意。

別墅前的露台上，一位老紳士正坐在椅子上休息。他冷淡的目光讓阿姆斯壯覺得似曾相識。他在哪裡見過這個人?青蛙一樣的臉，烏龜似的短頸，彎腰弓背的身姿……對了，還有那雙暗淡卻精明的小眼睛?噢，沒錯，他是老沃格夫。自己曾在他面前做過證人。別看他總是一副昏昏欲睡的樣子，在法律事務上，他可是精明得不能再精明了。據說他對陪審團的影響力甚鉅，可以讓他們在指定的日子做出判決。有一兩次，還讓陪審團判出匪夷所思的罪名。「閻羅法官」，有些人這麼稱呼他。

在這種奇特的地方竟會遇見他……在這種與世隔絕的島上。

§

沃格夫法官思忖道：「阿姆斯壯？記得我在證人席上見過他，非常認真謹慎的一個人。醫生都是該死的傻瓜，尤以哈利大街的醫生最蠢。」

他恨恨地想起了最近和哈利大街一名溫和的高貴人士會談時的情景。

沃格夫大聲咕噥道：「酒在客廳裡。」

阿姆斯壯醫生表示：「我得先去拜會主人。」

法官再次閉上眼睛，然後冷冷地說：「只怕不行。」

阿姆斯壯吃了一驚。

「為什麼？」

法官說：「男主人和女主人都不在，事情怪得很。真搞不懂這個地方。」

阿姆斯壯醫生足足看了他一分鐘，就在他以為老法官睡著時，沃格夫偏又說話了。「你認識康絲婷．卡明頓嗎？」

「呃……不，恐怕我不認識。」

「不要緊，」法官說，「她是個讓人捉摸不透的女人……字尤其寫得讓人納悶。我正懷疑自己是不是走錯地方了。」

阿姆斯壯醫生搖搖頭，朝別墅走去。

法官想著康絲婷·卡明頓這個女人，她一定和所有女人一樣靠不住。

他的心思飛向別墅裡那兩個女子……不苟言笑的老處女和那個年輕小姐。他倒不在乎那個小姐，沒有感情的野丫頭。不對，如果把羅杰斯太太也算進去，應該有三個女人。羅杰斯太太怪透了，一副擔驚受怕的樣子。但他們看起來倒是一對正派夫婦，對工作也頗為勝任。

這時，羅杰斯先生來到露台上了，法官問他：「你曉不曉得康絲婷·卡明頓夫人會來嗎？」

羅杰斯盯著他。「不，先生，我不知道。」

法官抬著眉，但他只是咕噥一句。

他心想：「戰士島，嗯？看他們能搞出什麼把戲。」

§

東尼·馬斯頓正在洗澡，泡在熱水裡的他暢快無比。開了那麼久的車，他的四肢都快抽筋了。這會兒他什麼都不想。東尼本是個感覺的動物，也是個行動派。

「先把澡洗完再說吧。」他想。

以後的事以後再說。

熱氣升騰的熱水，疲乏的四肢，刮個鬍子，喝杯雞尾酒，晚餐。

之後呢？

§

布洛爾先生正在繫領帶，他對這類事實在不太在行。

他看起來還可以吧？是的，應該沒什麼問題。

沒人對他表現出熱情……大家都拿古怪的眼光互瞄，好像他們知道……

好吧，那就只有靠自己囉。

他不會把工作搞砸的。

布洛爾瞥了一眼壁爐架上的那首童謠。

把詩放在那邊，實在很有意思。

布洛爾心想：「我小時候就知道這個島了，但怎麼也沒料到有一天會到這裡來幹這種工作。也許人無法預見未來是件好事吧。」

§

麥卡瑟將軍皺著眉頭。

媽的，所有的事都陰陽怪氣的！跟他想像的完全不一樣……

巴不得找個藉口溜走……丟下這碼事。

但是汽船已經折回陸地上了。

他不得不留在這兒。

那個叫隆巴德的是個怪傢伙，不像個正派人士。他敢發誓隆巴德不是什麼善類。

§

聽到鑼響時，隆巴德走出房間來到樓梯口。他走路像豹子般沉穩而無聲無息，他整個人其實就像頭豹子……一頭美麗的猛獸。

隆巴德對自己笑了笑。

一星期，嗯？

他打算快快活活地過這一星期。

§

身著黑綢禮服，已準備好赴晚宴的愛蜜莉．布蘭特小姐，此時正在自己的臥室裡閱讀《聖經》。

她逐字地唸道：「外邦人陷在自己所掘的坑中；他們的腳在自己暗設的網羅裡纏住了，上主已經自己顯明了，祂已施行審判；惡人被自己的手所做的纏住了。惡人必將回歸到陰間。」

布蘭特小姐閉攏嘴，闔上《聖經》。

她站起身，在頸領上別了一枚煙水晶領針，然後下樓吃飯去。

03

晚餐結束了。

飯菜很可口，酒也無可挑剔，羅杰斯侍候得非常周到。

大夥的心情開朗多了，彼此也開始更自在熱絡地交談。

醉意薄醺的賈士帝·沃格夫先生大方地談笑，阿姆斯壯醫生和東尼·馬斯頓則在一邊聽著。布蘭特小姐在和麥卡瑟將軍交談，結果發現兩人竟然有一些共同的朋友。薇拉·柯索恩好奇地向戴維斯先生探問南非的風土人情，戴維斯侃侃而談，隆巴德聽著兩人對話，有那麼一兩回，他很快地抬眼看看，然後瞇起眼睛，那雙眼睛不時地環視周圍，打量眾人。

馬斯頓突然表示說：「奇怪了，這些東西。你們不覺得嗎？」

圓桌中央的圓形玻璃架上，擺了幾個小瓷人。

「是戰士們，」馬斯頓說，「戰士島嘛，應該是這個意思。」

薇拉往前探探身子。

「不知道有幾個？十個嗎？」她叫了起來。「真有意思！我猜是童謠裡的十個小戰士。那首童謠被裱在框子裡，掛在我臥室的壁爐架上。」

隆巴德說：「我房裡也有。」

「我也有。」

「我的也是。」

大家你一言我一句。薇拉說：「這點子挺好玩的，對吧？」

沃格夫先生咕噥了一句「太幼稚了」，然後逕自喝著葡萄酒。

愛蜜莉．布蘭特看著薇拉。薇拉也回看著她，兩人一起站起來。

客廳的落地窗朝露台開著，海水拍打岩石的淙淙水聲清晰可聞。

布蘭特小姐說：「多麼美妙的聲音。」

薇拉立即回道：「我恨這種聲音。」

布蘭特小姐驚訝地看著她，薇拉臉一紅，若無其事地表示：「在這種地方碰到暴風雨一定很不好過。」

布蘭特同意道：「這房子在冬天時一定是關閉的，」她說，「很難找到願意待在這裡工作的傭人。」

薇拉低聲說：「反正這種地方本來就很難找傭人。」

布蘭特說：「歐利佛太太的運氣真好，能找到羅杰斯夫婦。羅杰斯太太是個好廚子。」

薇拉想：「年紀大的人常說錯名字，真可笑。」

她說：「是的，我想歐文太太的運氣確實很不錯。」

布蘭特小姐從包包裡拿出一小塊繡布，就在她正準備穿針時，突然停住了動作。

她機警地說：「歐文？你說是歐文嗎？」

「是的。」

愛蜜莉．布蘭特大聲說：「我從沒見過任何姓歐文的人。」

薇拉望著她。

「可是應該……」

她的話還沒說完，客廳的門開了，男士們走了進來。羅杰斯跟在後面，手裡端著咖啡托盤。

法官在愛蜜莉．布蘭特身旁坐了下來。阿姆斯壯則坐在薇拉旁邊。馬斯頓在窗前悠閒自得地來回踱步。布洛爾站在那兒，好奇地研究一個黃銅小塑像，懷疑它那副瘦骨嶙峋的怪相，搞不好真是個女形雕塑。麥卡瑟將軍背靠著壁爐台，摸著自己的白鬍子。晚餐真可口啊，把他的精神全提了起來。隆巴德翻閱著牆邊桌上的《謗趣》週刊，桌上還散放著一些其他書刊。

羅杰斯把咖啡送到每個人手裡。咖啡很地道，又濃又燙。

眾人這頓飯吃得十分開懷，對自己和眼前的處境都感到心滿意足。時針指著九點二十分。房裡已沉靜下來了，那是種恬適而滿足的沉靜。

就在這片沉寂中，突然傳來一陣刺耳的尖叫聲。

「各位先生女士，請安靜！」

所有人都嚇了一跳，眾人面面相覷，然後又看看四周的牆壁。是誰在說話？

聲音又出現了，既尖銳又清晰。

「各位被控犯了以下罪狀：

「愛德華・喬治・阿姆斯壯，你在一九二五年三月十四日的所作所為，造成了露易莎・克莉斯的死亡。

「愛蜜莉・布蘭特，你該對一九三一年十一月五日貝翠絲・泰勒之死負責。

「威廉・亨利・布洛爾，一九二八年十月十日，是你造成詹姆斯・蘭多的死。

「薇拉・伊莉莎白・柯索恩，你於一九三五年八月十一日殺害了西羅・歐基維・漢米頓。

「菲利普・隆巴德，你必須為一九三二年二月東非某部落二十一個人的死亡負責。

「約翰・高登・麥卡瑟，一九一七年一月十四日，你蓄意殺害了妻子的情夫阿瑟・里奇蒙。

「東尼・詹姆士・馬斯頓，去年十一月十四日，你殺害了約翰及露西・庫姆斯。

「湯姆斯・羅杰斯以及艾莎・羅杰斯，一九二九年五月六日，你們導致珍妮佛・白蒂的死亡。

「勞倫斯・賈士帝・沃格夫，一九三〇年六月十日，你謀害了愛德華・塞頓。

「諸位被告可有話要說？」

§

那聲音停止了。

一陣死寂，接著是懾人的碎裂聲，羅杰斯把咖啡盤弄掉了。

幾乎同時，房間外面傳來一聲尖叫及重物墜地的聲音。

隆巴德第一個跳起來並衝向門口，將門打開。門外是縮成一團躺在地上的羅杰斯太太。

隆巴德喊道：「馬斯頓！」

東尼奔過去幫忙，兩人一前一後地將羅杰斯太太抬進客廳裡。阿姆斯壯醫生快步走上來，幫忙把羅杰斯太太抬到沙發上，並彎腰檢視。他很快地表示：「不要緊，她只是昏倒而已，一會兒就會恢復。」

隆巴德對羅杰斯說：「去拿點白蘭地來。」

站在一旁的羅杰斯臉色煞白，雙手不停地發抖。他聽到隆巴德的話，應了聲「是，先生」，然後轉身快走步出了客廳。

薇拉叫道：「是誰在說話？他在哪兒？聽起來，聽起來……」

麥卡瑟將軍氣急敗壞地說：「這是怎麼回事？這算哪門子惡作劇！」

他的手不停抖動，雙肩鬆垂，好像一下子老了十歲。

布洛爾不斷地用手帕擦汗。

只有沃格夫先生和布蘭特小姐不為所動。布蘭特仍腰背挺直地坐在那裡，微揚著頭，兩頰青綠。法官還是習慣性地縮頭坐著，他用手輕輕搔著耳朵，唯有一對眼睛在房間四處探看，閃著不解而機警的光芒。

隆巴德又領先有了反應。阿姆斯壯一直忙著照料昏厥的羅杰斯太太，隆巴德遂得以率先發話。「那聲音嗎？聽起來好像是從房裡發出來的。」

薇拉叫道：「會是誰？是誰呀？那可不是我們中間的人。」

隆巴德的眼光像那位法官一樣慢慢掠過房間，在打開的窗戶上停留片刻，然後堅定地搖搖頭。突然，他眼睛一亮，快步走到壁爐旁的一道門，這道門通向隔壁房間。

隆巴德迅速抓住把手，猛力推開房門衝進去，然後立即發出滿意的驚呼。

「啊，找到了！」

眾人蜂擁過去。只有布蘭特小姐安然不動地坐在椅子上。

隔壁房間裡，有張桌子緊靠著和客廳相連的牆，上面放著一台留聲機，一台有著大喇叭的老式留聲機。喇叭口貼著牆。隆巴德推開喇叭，指著牆上鑿出來的兩三個小洞。

隆巴德調了調機器，重新擺好唱針，大家立刻又聽到了。

「各位被控犯了以下罪狀……」

薇拉大叫：「關掉，關掉啊！太可怕了！」

隆巴德依言關上留聲機。

阿姆斯壯醫生鬆口氣說：「真是個無聊而卑鄙的惡作劇。」

賈士帝．沃格夫微弱但清晰地低聲問道：「你認為這是惡作劇嗎？」

醫生看著他。

「還能是什麼呢？」

法官摸摸自己的上唇說：「目前我還不予置評。」

馬斯頓插話道：「喂，你們忘了一件事。究竟是誰打開留聲機播放的？」

沃格夫低聲說：「是的，我們應該先問這個。」

他率先走回客廳，其他人也跟著回來。

羅杰斯正好也拿著白蘭地走回來，此刻，布蘭特小姐正彎身照料哀吟不止的羅杰斯太太。

羅杰斯閃進兩位女士中間。

「對不起，夫人，請讓我和她說句話。艾莎！艾莎！沒事的，沒事的，你聽到了嗎？振作一點。」

羅杰斯太太急促地喘著氣，眼睛驚恐的來回看著周圍的面孔。羅杰斯急切地說：「振作一點啊，艾莎。」

阿姆斯壯醫生安慰她說：「你不會有事的，羅杰斯太太，你剛才只是受驚而已。」

羅杰斯太太問：「我昏過去了嗎，先生？」

「是的。」

「那個聲音……那個可怕的聲音，像是審判……」

她的臉色又發青了，眼皮不停抖動。

阿姆斯壯醫生焦急地說：「白蘭地在哪裡？」

羅杰斯剛才把酒放在一張桌子上，這時有人把酒遞給醫生，阿姆斯壯趕緊將酒送到急喘不止的羅杰斯太太唇邊。

「把酒喝了，羅杰斯太太。」

她喝了幾口酒，嗆了一下，又喘了幾聲，這方法對她有效，她臉上泛起了血色。她說：「我現在沒事了。剛才……真的把我嚇了一大跳。」

羅杰斯立即表示：「當然啦，我自己也嚇一跳，連托盤都弄掉了。那種謊言太惡毒了！我倒想知道……」

他的話被打斷了，雖然只是一聲輕咳……一聲小小的乾咳，但足以制住他的高叫聲。羅杰斯望著賈士帝・沃格夫先生，只見他又咳了起來。他說：「是誰把那玩意兒放到留聲機上的？是你嗎，羅杰斯？」

羅杰斯叫了起來。「我不知道那是什麼啊！我發誓，我真的不知道，先生，我要是知道的話，絕不會那樣做。」

法官冷冷地說：「你的話可能是真的。不過你最好再解釋清楚些，羅杰斯。」

管家用手帕擦擦臉，認真地說：「我只是聽命辦事而已，先生，就這樣。」

「誰的命令？」

「歐文先生。」

賈士帝・沃格夫先生說：「讓我們再弄清楚點。歐文先生的命令……究竟是什麼？」

羅杰斯說：「他叫我把唱片放到留聲機上。我先在抽屜裡找到唱片，我太太則在我端咖啡盤進客廳時，把留聲機打開。」

法官低聲說：「說得還真像一回事。」

羅杰斯叫道：「是真的呀，先生，我向上帝發誓，我真的不知道那是什麼，一點也不知道。唱片上有標題，我還以為只是音樂而已。」

沃格夫看看隆巴德。「唱片上有標題嗎？」

隆巴德點點頭。他突然咧嘴一笑，露出尖白的牙齒說：「是的，先生。標題是『天鵝之歌』……」

§

麥卡瑟將軍突然叫了起來。他大聲說：「這整件事太荒謬了，太荒謬了！這簡直是在誹謗！一定要想辦法制止。不管那個叫歐文的傢伙是什麼人……」

布蘭特大聲打斷他說：「沒錯，他到底是誰？」

法官又發話了，語氣帶著權威，這是多年法庭生涯養成的威嚴。

「這點正是我們必須仔細探尋的。羅杰斯，我看你先送你太太回去臥房裡休息，然後再回來吧。

「是的，先生。」

阿姆斯壯醫生說：「我來幫你，羅杰斯。」

在兩個男人的攙扶下，羅杰斯太太搖搖晃晃地走出客廳。他們離開後，東尼・馬斯頓說道：「我想喝點酒，不知各位意下如何？」

隆巴德說：「我同意。」

東尼說：「我去弄點來。」

他走出客廳。

不到一秒鐘他就拎了幾個瓶子回來。

「這些東西都放在外邊的盤子上，準備端進來呢。」

他小心地放下瓶子，然後幫大家倒酒。麥卡瑟將軍和法官各要了一杯威士忌，每個人都想借酒提神。只有愛蜜莉・布蘭特要了一杯水。

阿姆斯壯醫生又回到客廳裡來了。

「她沒事了，」他說，「我給她服了鎮靜劑。那是什麼，酒嗎？我也要一杯。」

幾個男人又把手中的杯子倒滿。過了一會兒，羅杰斯也回來了。

沃格夫先生開始展開訊問，客廳瞬間成了臨時法庭。

法官說：「現在，羅杰斯，我們必須弄清這件事的底細。誰是歐文先生？」

羅杰斯目不轉睛地盯著法官。

「他是這個地方的所有人，先生。」

「這我知道。我是希望你把自己對他的認識告訴我。」

羅杰斯搖搖頭。

「我說不出來，先生，我從未見過他。」

房裡一陣騷動。

麥卡瑟將軍說：「你從未見過他？這是什麼意思？」

「內人和我來這兒還不到一個星期，先生。我們是透過職業介紹所的來信應聘前來的。是普利茅斯的里賈納介紹所。」

布洛爾點點頭。

「那是間歷史悠久的職業介紹所。」他說。

沃格夫問道：「信在你手上嗎？」

「那封聘用信嗎？沒有，先生，我沒有保存。」

「繼續說吧，你剛才說到你們是透過信函應聘的。」

「是的，先生。我們必須在指定的日期到達。我們準時來了。這裡一切都已準備就緒，倉庫裡有大量的食品，一切都非常完備。我們只需要打掃一下就行了。」

「接下來呢？」

「什麼也沒發生，先生。我們接到指示——也是透過信件——要為客人準備房間，然後昨天下午我又收到歐文先生的信。他說他和歐文夫人有事耽擱了，要我們盡力招待賓客，而且還交代了晚餐、咖啡和放唱片的事。」

法官問：「這封信你總該有了吧？」

「有的，先生，在這兒。」

羅杰斯從口袋裡掏出信，法官接了過去。

「嗯，」他說，「信頭標著麗緻飯店，用打字機打的。」

布洛爾快步走到法官身邊說：「能不能讓我看看？」

他一下子把信從法官手中抽走，飛快地看起來，並沉吟道：「加冕牌打字機，相當嶄新，沒有一點毛病。旗標打字紙，最常用的那種。這樣是瞧不出端倪的，可能會有指紋吧？不過我想應該沒有。」

沃格夫突然頗感興趣地望著他。

馬斯頓從布洛爾身後看了看信，然後說：「他的教名倒是滿好玩的，對吧？尤利克．諾曼．歐文。好長的名字啊。」

老法官略表驚訝地說：「謝謝你，馬斯頓先生，你讓我注意到一件奇怪的事了。」

他環顧四周的人，接著像隻發怒的烏龜一樣，突然把脖子往前一伸說：「我想，現在大家該把知道的都說出來了吧。我覺得最好每個人都坦白交代一下自己和屋主的關係。」法官頓了一下後又接著說：「我們都是他的客人，如果大家能仔細說明一下自己來此作客的原因，對此番調查應該大有裨益。」

一時間無人響應。過了一會兒，布蘭特小姐堅定地表示：「這整件事都很詭異，」她說，「我收到了一封署名模糊不清的信。對方聲稱自己是兩三年前我在某處避暑勝地遇見的女士。我猜那個署名不是歐格登就是歐利佛，因為我認識一位歐利佛夫人及歐格登小姐。我很確定自己從未見過任何姓歐文的人，更談不上什麼朋友關係了。」

沃格夫先生說：「你那封信還在嗎，布蘭特小姐？」

「還在，我去拿來。」

她走了出去，幾分鐘後就把信拿來了。

法官看了信說：「我開始有點頭緒了……柯索恩小姐呢？」

薇拉解釋自己獲得祕書職位的經過。

法官又點了下一個人。「馬斯頓呢？」

馬斯頓說：「我收到一份電報，是我的好朋友巴杰・伯克利發來的。接到電報時我還嚇一跳哩，因為我以為那傢伙早就去挪威了，他告訴我來這裡一趟。」

沃格夫點點頭，然後說：「阿姆斯壯醫生？」

「對方要我來看診。」

「我明白了。你和這家人從不相識？」

「是的。信裡提到我的一個同僚。」

法官說：「聽來滿可信的……我猜，那位信中提到的同僚，應該很久沒和你聯繫了吧？」

「嗯……呃，是的。」

一直盯著布洛爾的隆巴德突然說話了。

「喂，我突然想起來……」

法官抬起一隻手。

「等一會兒。」

「可是我……」

「我們一次做一件事，隆巴德先生。現在我們正在調查今晚把我們聚集到這裡的原因。麥卡瑟將軍？」

將軍摸摸鬍子，低聲說：「我收到一封信，就是那個名叫歐文的人寫來的。信上說我有一些老朋友會到這兒來，並且希望我別介意用這麼不正式的方法邀請我。可惜我沒有留下那封信。」

沃格夫說：「隆巴德先生呢？」

隆巴德的腦子一直在轉個不停，他應該當眾和盤托出呢，還是要保守祕密？最後他做了決定。

「和他們差不多，」他說，「也是收到邀請函，信裡提到雙方共同的朋友，我不疑有他。信我已經撕了。」

沃格夫先生把注意力轉向布洛爾先生。他用食指撫著上唇，用客氣到令人發毛的語氣說：「剛才我們都經歷了一場小小的不愉快。那個幽靈般的聲音針對我們逐一點名，聲訴我們的罪狀。那些控訴我們暫且不管，此時此刻我倒是對其中一個細節很感興趣。被列舉的罪人裡有一個威廉・亨利・布洛爾。可是就大家所知，在座的沒有姓布洛爾的人；而且奇怪的是，戴維斯這個名字反而沒被提到。這是怎麼回事，戴維斯先生？」

布洛爾沉著臉說：「看來我是露出馬腳了。老實說吧，我不叫戴維斯。」

「所以你是威廉・亨利・布洛爾？」

「是的。」

「容我再說兩句。」隆巴德表示，「你不僅用了假名，布洛爾先生，整晚我看下來，你還是個一流的扯謊家。你說你來自南非的納塔爾，我對南非、對納塔爾都非常熟悉。我敢發誓，你這輩子從未踏上南非一步。」

所有人都盯著布洛爾，眼裡淨是憤怒與懷疑。東尼・馬斯頓握緊雙拳，向他欺近一步。

「你這豬八戒，」他說，「你還有什麼話好說？」

布洛爾縮回頭，開口說道：「各位錯怪我了，我有證書，你們可以看看。我以前是刑事調查部的。現在在普利茅斯開了一家偵探事務所。我是在進行工作呀。」

沃格夫先生問：「為誰工作？」

「就是這個歐文哪。他寄來一大筆費用，要我按他的指示去做。我必須假扮賓客混入你們的圈子。他把所有人的名單都給了我，我的任務是來監視你們。」

「理由何在？」

「保護歐文夫人的珠寶啊。去他的歐文夫人！我看壓根就沒這個人。」法官又用食指摸著上唇，似乎對他的話頗表欣賞。

「我想你的推論很正確，」他說，「尤利克・諾曼・歐文！他給布蘭特小姐的那封信，雖然姓氏簽得像鬼畫符，但教名還是可以看清楚——尤娜・南西。前面那個名字的字母縮寫也是同樣的。尤利克・諾曼・歐文（Ulick Norman Owen），尤娜・南西・歐文（Una Nancy Owen），都脫不出 U.N.Owen 的簽法，甚至那個 U.N.，搞不好還是 UNKNOWN（佚名）的裝飾性草寫呢。」

薇拉叫道：「可是這……這太瘋狂了！」

法官輕輕點點頭。

他說：「噢，是的。我相信我們是被一個瘋子請到這裡來了……說不定還是個可怕的殺人狂。」

04

客廳裡陷入一片死寂，一片驚惶無措的死寂。接著法官用他細柔而清晰的聲音再次接續話題：「現在我們來做進一步調查。不過，首先我也把自己的憑證拿出來列檔吧。」

他從口袋裡掏出一封信扔在桌上。

「寫信人聲稱是我的老友康絲婷．卡明頓夫人。我已經有好些年沒見到她了，因為她去了東方。這信寫得有如出自她本人手筆，含糊而不連貫。她極力慫恿我和她一起到這兒來，至於男女主人的事，則含混帶過。你們會發現，對方用的都是同樣伎倆，我提出這點，是因為這跟另一個證據吻合……在所有信件中，出現了一個很有意思的地方。那就是無論慫恿我們到這兒來的人是誰，他對我們每個人都瞭若指掌，或曾下過工夫研究我們的底細。此人知道我和康絲婷夫人的交情，而且熟知她的寫信風格。他了解阿姆斯壯醫生的同僚及目前的動向。他知道馬斯頓先生那位朋友的綽號，以及他拍電報的方式。他也確知布蘭特小姐兩年前的度假地點，以及她在那裡結識的旅客。他還熟悉麥卡瑟將軍所有的老友。」

他停了一下，然後接著說：「他知道得非常多，甚至還強辭奪理地定了我們的罪名。」

房間裡立刻一片譁然。

麥卡瑟將軍大呼：「全是該死的謊話！誹謗！」

薇拉也大叫：「這是不公正的！」她的呼吸都變急了。「太可惡了！」

羅杰斯啞著嗓子說：「謊言，惡毒的謊言……我們從沒……我們中間沒有人……」

馬斯頓咆哮說：「真搞不懂那該死的白癡想幹什麼？」

沃格夫先生舉手制止大家。

他字斟句酌地說：「這位不知名人士譴責我殺了一個叫愛德華．塞頓的人。這個人我記得很清楚。一九三〇年六月，他在我的法庭上受審，罪名是殺害一位老婦。他在法庭上的被告席中，機智地為自己辯護，給陪審團留下了深刻的印象。不過根據證據，他確實有罪，因此依照陪審團的判決，我判他死刑。犯人不服，提出上訴，但上訴的理由不夠充分，被駁了回來。愛德華．塞頓很快便被處死了。我想對你們說的是，本人在這個案子上問心無愧。我只是盡我的職責，沒別的企圖。我定罪的是一個證據確鑿的殺人犯。」

阿姆斯壯想起來了，塞頓案！判決結果在當時跌破所有人的眼鏡。案件審理期間，阿姆斯壯有一天在飯店吃飯時，遇見了王室法律顧問馬修斯，馬修斯還很有信心地表示：「一定會獲判無罪的。」後來，他聽到人們議論：「法官存心和塞頓過不去，硬讓陪審團改變意見，裁定他有罪。不過一切都很合法，老沃格夫深諳法律操作呀！好像他跟塞頓有什麼深仇大恨似的。」

過去的記憶一一浮上醫生的腦海裡。他衝口問道：「你認識塞頓嗎？我是指在審理此案之前。」

法官那眼瞼垂重的龜眼望向他，冷冷地說：「審理案子之前，我根本不認識塞頓。」

阿姆斯壯心想：「這傢伙在撒謊……我知道他在撒謊。」

§

薇拉顫聲說：「我想和你們談談那孩子……西羅．漢米頓的事，我是他的家庭教師。我不准他到太遠的地方游泳，但是那一天，他趁我不注意時下海了。我在他後面拚命地游……卻沒能追上他……太可怕了……但這不是我的錯。審訊調查之後，驗屍官判我無罪。甚至他的媽媽……她是那麼善良，也沒有責怪我。為什麼……為什麼要重提這件可怕的事？這不公平，不公平啊……」

她說不下去了，失聲痛哭。

麥卡瑟將軍輕輕拍著她的肩頭說：「好了，好了，親愛的。當然那番指控不是真的。那傢伙是個瘋子，瘋子！神志錯亂了！根本搞不清楚狀況。」

他挺胸直立，怒氣沖沖地說：「對付這種無聊事，最好的辦法就是置之不理。但我還是要說，他說的……呃，阿瑟．里奇蒙的事，完全是一派胡言。里奇蒙是我手下一名軍官，我派他去執行偵察任務，不幸犧牲了。戰爭期間，這種事經常發生。有人說了很難聽的話，想要詆毀我的妻子。內人是世上最好的女人，無可挑剔的妻子！」

麥卡瑟將軍坐下來，顫手摸著鬍子。這番情緒激昂的辯白使他精疲力竭。

隆巴德說話了，眼裡還帶著笑意。「關於那些土著……」

馬斯頓問：「他們怎麼了？」

隆巴德笑了。

「他說得沒錯！我拋棄了他們！為了自我保護。當時我們在叢林裡迷了路，我和另外兩三個同伴帶走食物逃掉了。」

麥卡瑟將軍厲聲地說：「你拋棄他們……讓他們活活餓死？」

隆巴德說：「我知道，是有點卑鄙，但是自保乃人的本能。土著才不在乎死不死呢，他們對死亡的感覺和歐洲人不一樣。」薇拉抬起臉，望著隆巴德問：「你就丟下他們，讓他們在那裡等死？」

隆巴德回答說：「是的，我扔下他們，讓他們活活等死。」

他帶著笑意的眼睛看著薇拉驚恐的眼神。

東尼．馬斯頓困惑地緩緩說道：「我一直在想……約翰和露西．庫姆斯。他們一定是我在劍橋附近撞倒的那兩個孩子。運氣真背。」

賈士帝．沃格夫先生譏諷地問：「是他們背，還是你背？」

東尼說：「噢，我想是我……不過你說得也對，先生，他們也很不幸。那純粹是場意外，他們從房子或某個地方衝出來。我的執照被扣留了一年。麻煩死了。」

阿姆斯壯溫和地說：「超速行車很不對，非常不對！像你這樣的年輕人會危及社會。」

馬斯頓聳聳肩膀說：「速度哪快得起來呀，英國的路況糟透了，根本沒辦法飆個過癮。」

馬斯頓在桌子上找到自己的杯子，然後走到放酒的小桌旁，給自己倒了一杯威士忌加蘇打水，轉頭又說：「反正不是我的錯，那只是一場意外！」

§

男僕羅杰斯一直顯得很不安，他不停地搓手、舔嘴唇。這會兒他畢恭畢敬地低聲問道：

「先生，我能說幾句話嗎？」

隆巴德說：「說吧，羅杰斯。」

羅杰斯清清喉嚨，再一次用舌頭舔了舔乾裂的嘴唇。

「先生，剛才那番話裡提到了我和內人，以及白蒂小姐。其中沒有一個字是真的。白蒂小姐去世之前，我和內人一直在她身邊。從我們被她雇用那天起，小姐就一直病弱不堪。在她病情惡化的那天晚上，暴風雨把電話弄壞了，我們無法打電話叫醫生，後來我只好步行去找醫生。但是醫生來得太晚。我們已經為小姐試過所有辦法了。我們對小姐非常忠心，你去問問就知道，絕不會有人說我們的不是，絕不會。」

看著羅杰斯不停抽搐的臉、乾澀的嘴唇和恐懼的眼神，隆巴德陷入了沉思。他想起那只落地的托盤，心想：「哦，真的嗎？」但嘴上並沒說。

布洛爾開口了，一副官氣十足的樣子。

「不過她死後，你們有得到一些東西吧，嗯？」

羅杰斯挺直身體，生硬地說：「白蒂小姐給了我們一份遺產，以示對我們的感激。我倒是想知道，這有什麼不對嗎。」

隆巴德說：「談談你自己吧，布洛爾先生。」

「我怎麼了？」

「你的名字也在名單裡。」

布洛爾的臉一下子脹得通紅。

「你是說蘭多啊？那是一起銀行搶案。倫敦商業銀行。」

沃格夫先生插話說：「我記得這個案子，案子不是我審的，但我印象很深刻。蘭多是因為你提供的證據被定罪，你是負責這個案子的警官嗎？」

「是的。」布洛爾說。

「蘭多被判無期徒刑，一年後死於達特穆爾[2]。蘭多是個很脆弱的人。」

布洛爾說：「他是個騙子。就是他把守夜員打昏的，那案子罪證確鑿。」

沃格夫緩緩說道：「我想，你的辦案能力因此備受讚揚，對吧。」

布洛爾紅著臉說：「我獲得了升遷。」然後又粗聲地加上一句：「我只是盡我的義務而已。」

隆巴德突然朗聲笑了起來。他說：「除了我以外！大家好像都非常盡忠職守嘛！你呢，醫生？你那次小小的職業過失是怎麼回事？是不是非法手術呀？」

愛蜜莉．布蘭特厭惡地掃了他一眼，把身子挪遠些。

阿姆斯壯醫生非常鎮定，他微笑著搖搖頭。

「我不明白這是怎麼回事，」他說，「剛才提到的那個名字對我毫無意義。叫什麼……

克莉斯？克洛斯？我真的不記得給這位病人看過病，或者和她的死有什麼關係。當然，事情已過去很久了，也可能是我做過的一次手術。很多病人都求治得太晚，一旦病人不治而亡，家屬總是歸罪於醫生。」

他嘆口氣，無奈地搖搖頭。心裡卻想著：「醉酒，全是因為這個，喝醉了……而我竟然還執刀動手術！腦子一片昏亂，手抖個不停。她確實是我殺的，可憐的老太太……如果沒喝醉，這本來是個簡單的手術。我在醫學界一直走得很順利。修女當然知道這件事，但她守口如瓶。天哪，這件事給我的打擊太大了，也因此讓我懂得振作。不過這件事都過去這麼多年了，怎麼會有人知道呢？」

§

室內一片沉默。大家都大剌剌地看著愛蜜莉・布蘭特，過了一兩分鐘，她才意會到大家在等什麼。她狹窄的額頭微皺了一下，揚揚眉說：「你們在等我開口嗎？我沒什麼可說的。」

2　達特穆爾（Dartmoor），英國著名監獄，在德文郡。

法官說：「沒什麼可說嗎，布蘭特小姐？」

「是的。」

她緊閉著嘴。

法官摸摸臉，溫和地說：「你保留你的辯護權？」

布蘭特小姐冷冷地答道：「我沒有什麼要辯護的，我一向憑良心做事，沒有什麼需要自責的。」

此話似乎無法服眾，但布蘭特並不在乎別人的反應，仍舊端坐著，不為所動。

法官清了清嗓子說：「調查就到此為止吧。羅杰斯，除了我們幾個和你們夫婦之外，現在島上還有什麼人？」

「沒有人了，先生。什麼人都沒有。」

「你確定嗎？」

「是的，先生。」

沃格夫說：「我到現在還弄不清那位不知名的主人把大家召到這裡的目的。依我看，無論此人是誰，他的精神狀態一定不在世人的標準範圍內。

「這對我們來說很危險。我建議大家盡快離開這兒，愈快愈好。今晚就走。」

羅杰斯說：「對不起，先生，島上沒有船。」

「一條船也沒有？」

「一條也沒有，先生。」

「那你怎麼和陸地聯繫？」

「靠費迪．納拉科。他每天早上會送麵包、牛奶、郵件、還有主人的指令過來。」

沃格夫先生問：「那依我看，明天早上納拉科的船一到，我們就走。」

眾人紛紛表示贊同，只有一個聲音表示異議……東尼．馬斯頓堅決反對。

「你們不覺得這樣不夠坦蕩嗎？」他說，「大家應該在走之前，把事情弄個水落石出。這整個事件就像一部偵探小說，挺驚悚、刺激的。」

法官譏刺道：「我一輩子也不想領略你所說的那種『刺激』。」

馬斯頓咧嘴笑了。「循規蹈矩的生活太乏味了！我贊成犯罪！為犯罪乾杯！」

他拿起酒杯，一口喝光。

說時遲哪時快，東尼一下被嗆住了，而且嗆得很厲害，整個臉跟著扭曲變紫。他喘著氣，然後從椅子上跌落下來，手中的杯子也隨之掉在地上。

05

事情來得太突然、太意外，眾人嚇得連氣都忘了喘，只是直愣愣地盯著在地上蜷成一團的馬斯頓。

接著阿姆斯壯醫生跳起來，衝到馬斯頓身邊跪下來。等他抬起頭時，竟是一臉茫然。他驚甫未定地呢喃道：「天啊，他死了……」

大家瞬時之間幾乎不敢相信自己的耳朵。

死了？死了？那個年輕力壯的挪威人，頃刻間便死了？這麼年輕健康的小夥子，不過是喝了一杯威士忌加蘇打水而已，怎麼就嗚呼哀哉了呢……

不，他們不相信。

阿姆斯壯醫生凝視著死者的臉，又在他發藍的嘴唇上聞了聞，然後拾起馬斯頓剛才用過的酒杯。

麥卡瑟將軍說：「死了？你是說這個人嗆到了……然後就死了？」

醫生說：「你想說嗆死也可以。他實際上是窒息而死的。」

他聞了聞杯子，又用手指在杯底沾了點殘酒，小心翼翼地用舌尖舔了舔。

醫生臉色丕變。

麥卡瑟將軍說：「沒聽過人會這樣死的……只不過是嗆了一下。」

布蘭特小姐理智地說：「我們時時生活在死亡的威脅中啊。」

阿姆斯壯醫生站起來粗聲說：「不，人不會嗆一下就死。馬斯頓並非所謂的自然死亡。」

薇拉低聲問：「是威士忌裡有……有什麼東西嗎？」

阿姆斯壯點點頭。

「是的。種種跡象顯示是氰化物中毒，但說不準是哪一種，氫氰酸沒有特殊的氣味。可能是氰化鉀，它發作得相當快。」

法官沉著臉問：「在他的杯子裡嗎？」

「是的。」

醫生大步走到放飲料的桌子旁，打開威士忌的瓶塞聞了聞，嘗了一點，然後又嘗了些蘇打水，他搖搖頭。

「酒和蘇打水都沒問題。」

隆巴德說：「你的意思是……是他自己在杯子裡放東西囉？」

阿姆斯壯不置可否地點點頭說：「看起來是這樣。」

布洛爾說：「自殺嗎？這倒怪了。」

薇拉低聲說：「絕對想不到他會自殺，他是那麼有活力，那麼的是……噢，享受人生！那天晚上，他開車下山的時候，看起來……看起來是……哦，我無法形容！」

然而大夥都明白她的意思。馬斯頓正值青春，渾身散發著揮霍不盡的陽剛之氣，恍若擁有永生不滅之軀；可是現在，他卻蜷成一團，無聲無息地躺在地上。

阿姆斯壯醫生說：「除了自殺之外，還有別的可能嗎？」

大家不約而同地緩緩搖搖頭。沒有別的解釋了，他們自己杯子裡的酒都沒問題，而且他們都看見東尼．馬斯頓是自己走到桌邊倒酒的。所以，杯子裡的氰化物一定是他自己放進去的。

可是，東尼．馬斯頓為什麼要自殺？

布洛爾若有所思地說：「醫生，我覺得不太對勁。東尼．馬斯頓不像是會自殺的人。」

阿姆斯壯點點頭。「這我同意。」

§

他們只能認為東尼·馬斯頓是自殺，不然還能有什麼看法？

阿姆斯壯和隆巴德把馬斯頓癱軟的身體抬回他的臥室，放在床上，又用床單將他全身覆妥。

阿姆斯壯和隆巴德再下樓來時，發現大家聚成一堆站著，身體都有點發抖，儘管八月的夜晚並不寒冷。

布蘭特說：「我們最好都去睡吧。天晚了。」

已經過了子夜，這是個明智的建議。可是每個人都有些猶豫，似乎覺得大家在一起作伴才有安全感。

法官說：「是啊，大夥都該歇息了。」

羅杰斯說：「我還得去收拾飯廳呢。」

隆巴德簡短地說：「明早再收吧。」

阿姆斯壯問羅杰斯：「你太太還好嗎？」

「我去看看，先生。」

幾分鐘後，羅杰斯回來了。

「她睡得非常好。」

「很好，」醫生說，「那就別去吵她。」

「是，先生。我收拾好飯廳、確定門窗都上鎖了，就會去休息。」

羅杰斯穿過大廳，進了飯廳。

其他人則拖拖拉拉、慢吞吞地走上樓梯。

如果這是一棟樓梯不時作響、暗影幢幢而且壁木沉厚的老房子，也許會讓人覺得心生恐懼。然而它是一棟非常氣派的新房子，裝潢新潮閃亮，到處燈火通明，找不到一個幽暗的角落、一片脫釘的鑲板。在這樣的房子裡，什麼也藏不住，什麼也無處可藏，它沒有絲毫「氣氛」可言。

可是不知怎地，最令人毛骨悚然的也就是這點……

眾人在樓梯口互道晚安，就各自進房間，然後，每個人幾乎都是不加思索地便將房門緊緊鎖上……

§

在色彩淡雅的寢室裡，沃格夫先生脫下外套準備上床。

他心裡想著愛德華．塞頓。

沃格夫很清楚地記得塞頓……他的髮色、他的一雙藍眼，尤其是他看人時那種率直、和悅的目光。正是這一點，給陪審團留下了極佳的印象。

盧艾林檢察官搞砸了，言詞過分激烈，也太急於表現。

而被告辯護律師馬修斯則相當出色，他切中要點，做交叉詢問時直搗對手要害，面對證人席上的委託人塞頓時，手腕又極為高明。

塞頓順利通過了可怕的質詢，但他並未顯得激動興奮，這點對陪審團的影響也很大。辯方律師馬修斯覺得他似乎已經穩操勝算了。

法官仔細地給手錶上緊發條，然後把它放在床邊。

他清楚記得自己當時坐在那兒的感受……他邊聽邊做筆記，賞心悅目地看著眼前的一切，把不利於犯人的罪證一一列表。

他很喜歡這個案子！馬修斯最後的演說非常傑出，繼他之後的盧艾林則大為遜色，沒能改變辯護律師給陪審團留下的好印象。

接下來是法官自己的總結……

沃格夫小心翼翼地摘掉假牙，放進水杯裡，嘴也跟著癟了，看來冷酷而殘忍，讓人不寒而慄。

法官閉上眼睛，忍不住笑了起來。

他幹掉了塞頓！

風溼痛使他忍不住哼了幾聲，沃格夫趕緊爬上床，將燈捻熄。

§

樓下飯廳裡，羅杰斯茫然地站在那兒。

他盯著桌子中間的瓷人，喃喃自語道：「真是見鬼了！我明明記得是十個啊。」

§

麥卡瑟將軍在房裡不停地來回踱步。

他睡意全無。

黑暗中，阿瑟．里奇蒙的面孔不斷在他眼前浮現。

他喜歡阿瑟，一直都非常喜歡，也很高興萊絲麗和他一樣疼愛這個年輕人。

萊絲麗個性喜怒無常，對很多有為青年都嗤之以鼻，嫌人家無趣。「無趣！」就這麼一句話。

但她對阿瑟．里奇蒙卻另眼相看。一開始他們就相處得很好，在一起談論戲劇、音樂、繪畫。萊絲麗會戲弄阿瑟、開他玩笑、欺負他。麥卡瑟一直高興地以為萊絲麗是把阿瑟當兒子看。

兒子！白癡才會忘了萊絲麗只比里奇蒙大一歲，一個二十九，一個二十八。

麥卡瑟深愛著萊絲麗。黑暗中，他彷彿又看到了萊絲麗的瓜子臉、動人的深灰色眼眸，以及濃密的棕色鬈髮。他愛萊絲麗，而且信任她對自己的感情。

在法國的漫天烽火中，他會坐著想她，將她的照片從胸前口袋掏出來細細端詳。

後來……他終於發現了！

就像許多小說裡描寫的一樣，他收到了一封裝錯信封的信。萊絲麗同時給他和里奇蒙寫了一封信，卻把寫給里奇蒙的信寄給了自己的丈夫。即使在事隔多年後的今天想到那封信，麥卡瑟依舊震撼如昔，心如刀割……

上帝啊，太痛了！

兩人暗通款曲已久。信裡寫得很清楚。都是趁著週末！里奇蒙最後一次離開是……

萊絲麗……萊絲麗和阿瑟！

去他的袍澤！去他的笑臉！還有那句抖擻的「是，長官」。騙子！偽君子！誘拐別人妻子的混蛋！

冷酷的毀滅焰火慢慢在他心中凝聚。

他表面上佯裝什麼事也沒發生，一切如常，對里奇蒙的態度一如既往。

他成功了嗎？他想是的。里奇蒙並未起疑，因為在情緒緊繃的戰場上，脾氣隨時都有可能爆發。

只有年輕的阿米塔有一兩次好奇地看著他，這小鬼年紀雖輕，觀察力卻相當敏銳。

事情發生時，阿米塔或許猜到真相了。

他故意派里奇蒙去送死。除非發生奇蹟，否則里奇蒙不可能生還，而奇蹟並未發生。

沒錯，是他把里奇蒙送上了黃泉路，但他並不感到內疚。這事做來輕而易舉，戰爭期間狀況頻生，時有軍官士兵做不必要的犧牲。軍營內總是瀰漫著迷亂不安的情緒，也許事後人們會說：「老麥卡瑟糊里糊塗地犯了個大錯，犧牲掉他最好的一批人手。」但不會再多說別的了。

但年輕的阿米塔不一樣，當時他用一種非常古怪的眼神望著指揮官，也許他知道里奇蒙是特意被送上陣的。

（戰爭結束以後……是阿米塔把話傳出去了嗎？）

不知內情的萊絲麗為情人哭斷了肝腸（他猜想），然而等他返回英格蘭時，萊絲麗已不再傷心哭泣了，他也從未告訴萊絲麗，自己知道她與里奇蒙的姦情。他們仍然在一起生活。

只是萊絲麗似乎有些失魂落魄。三、四年後，她就罹患肺炎去世了。

這都是很多年前的事了。十五年……還是十六年？

他離開軍隊後，到德文郡定居，買了一棟夢寐以求的房子。鄰人都很友善，環境非常清幽。週日他會上上教堂（但牧師誦讀《聖經》裡大衛謀殺烏利亞一節時，他是不去的，因為聽到這個故事，他就渾身不舒服）。

起初大家都對他很友善，但這也只是一開始而已。後來他便覺得人們在背後議論他，望著他的目光也有點異樣。他們似乎聽說了什麼，一些謠言之類的……

（阿米塔嗎？可能是他說的？）

後來他開始躲避人群，過著離群索居的生活。但他還是覺得人們在議論他，這讓他很感到惱火。

都是很久以前的事了。一切都是過眼雲煙，萊絲麗和里奇蒙都已化為塵土，過去的事再也無關緊要了。

生活雖然孤獨，他還是盡量避開軍隊裡的老友。

（如果阿米塔說出去了，他們都會知道的。）

然而今天晚上，那個隱蔽的聲音卻大聲地宣告這塵封多年的舊事。

他應付得還可以嗎？緊抿住自己的上唇，僅表達出適度的憤怒與厭惡，絲毫沒有愧色與不安。他做到了嗎？很難說。

絕對不會有人把那些話當真的，全是無中生有。那位漂亮的小姐居然被指控溺死了一個小孩！白癡、瘋子才會把那些話當真！

愛蜜莉・布蘭特——她是老戰友湯姆・布蘭特的侄女——也被指責殺了人！真是荒唐。任何人一眼就能看出，她是一個非常虔誠的教徒，是那種一舉一動都按上帝旨意行事的人。

整件事古怪至極！簡直太瘋狂了！

打從他們抵達這裡……那是什麼時候的事？噢，該死，就是今天下午！怎麼感覺已經來了很久？

麥卡瑟心想：「不知何時才能離開這兒。」

當然是明天了。汽船明天會從內陸開過來。

奇怪的是，這一瞬間，他竟然不想離開戰士島……不想回到陸地、回到他的小屋，不想重返日常的煩惱與瑣碎事務中。房內窗戶大開，外面不時傳來海浪的拍擊聲……這聲音在深夜中聽來格外清晰。

同時，起風了。

「平靜的聲音，寧靜的島嶼……」他想，「島嶼最妙的一點就是，一旦到了島上，就再也走不遠了。因為你已來到旅程的盡頭……」

麥卡瑟突然明白了，他知道自己並不想離開這裡。

§

薇拉·柯索恩躺在床上，全然清醒，兩眼直直盯著天花板。

床頭的燈開著。她怕黑。

她不斷想著：

「雨果，雨果……為什麼今晚我覺得你離我這麼近？好像你就在附近某個地方……

「他究竟在哪裡？我不知道。我永遠無法知道。他就這麼走了，從我生命中離去。」

她忘不掉雨果，他與她如此親近。她必須想著他，必須記住他……

康沃爾……

黑色的岩石，金黃色的海灘，矮胖、好脾氣的漢米頓太太。西羅總是拉著她的手，撒嬌說：「我想到岩石那邊去游泳，柯索恩小姐。為什麼我不能游到岩石那邊？」

她抬起頭，看到雨果正凝望著她。

每晚西羅上床之後……

「出去散散步吧，柯索恩小姐。」

「我想可以。」

他們沿著海灘漫步，月光皎亮，海風輕柔。

「我愛你，我愛你。你知道我愛你嗎，薇拉？」

是的，她知道。

（或者她以為自己知道。）

「我不能向你求婚，我根本一文不名，只養得活自己。你知道，我曾有三個月的時間，有望成為有錢人……西羅是莫萊斯死後三個月才出生的。西羅若是女孩就好了……」

如果西羅是個女孩，雨果就將繼承所有的遺產。他承認，他非常失望。

「當然，我並不指望這個，但還是有些失望。唉，運氣這種東西反正也沒辦法強求，幸好西羅很乖，我非常喜歡他。」

雨果確實非常喜歡西羅，總是陪他的小侄子玩、逗他開心，雨果不是會懷恨的人。

西羅生下來體質就虛弱，瘦瘦小小，弱不禁風。這樣的孩子，本就可能養不大……

然後呢？

「柯索恩小姐，為什麼我不能游到岩石那邊？」

總是糾纏不休，煩死人了。

「那裡太遠了，西羅。」

「可是，柯索恩小姐……」

薇拉下床走到梳妝台邊，吞了三片阿斯匹靈。

「要是有安眠藥就好了。」她想，「要是我想自殺，我會多吃點安眠藥，而不是去服什麼氰化物。」

她想起東尼·馬斯頓那張發紫抽搐的臉，不由一陣戰慄。

她走過壁爐台，看到了那首詩：

十個小小戰士吃飯去，
一個嗆死剩九個。

她心想：「太可怕了，就像今晚一樣……」

東尼·馬斯頓為什麼想死呢？

她可不想死。

她無法想像尋死的滋味……

死亡，是別人的事……

／06

阿姆斯壯醫生正作著夢……

手術室裡太熱了……

是他們把溫度調得太高？汗珠順著他的臉頰滾落，連手都溼糊糊的，握不緊手術刀。

手中的刀鋒銳利極了……

用這種刀殺人太容易。當然，他是在殺人……

女患者的身體看起來有些不一樣，這本來是一具龐大、臃腫的軀體，現在竟變成了一堆骨頭，臉也蒙著。

他必須殺死的人是誰？

他想不起來了。但他非知道不可。他該不該去問修女？

修女看著他。不，不能問她。他看得出修女在懷疑他。

然而躺在手術台上的人是誰啊？

他們不該把病人的臉蒙住的……如果他能看到她的臉就好了……

啊！這樣好多了，一名實習護士把病人臉上的布蓋掀掉了。

愛蜜莉．布蘭特。他必須殺的人是愛蜜莉．布蘭特。她的眼睛多麼惡毒！她的嘴唇在動。她在說什麼？

「我們時時生活在死亡的威脅中……」

她笑起來了。不，護士，別把布蓋回去。我得看見才行啊，我得給她上麻藥。乙醚在哪兒？我真該帶點來的。你把乙醚拿哪去了，修女？用酒？可以，效果是一樣的。

護士，把布拿開。

對嘛，我就知道！是東尼．馬斯頓！他的臉色發紫，不停地抽搐，但他還活著……

他正在笑。我跟你說他正在笑啊！

他不停地晃動手術台。

小心，老弟，小心啊。護士，把手術台穩住，穩住……

阿姆斯壯醫生驚醒了。天亮了，陽光灑滿了房間。

有人正在搖他，是羅杰斯。羅杰斯臉色蒼白地喊：「醫生……醫生！」

阿姆斯壯完全清醒了。

他坐起身子大聲問：「什麼事？」

「是我太太，醫生，我喊不醒她。上帝呀！我叫不醒她，我覺得她很不對勁。」

阿姆斯壯火速穿上晨袍，跟著羅杰斯走了。

羅杰斯太太平靜地躺在床上。阿姆斯壯彎身下去，抬起她冰冷的手，翻開她眼皮看了看，幾分鐘後，才挺直身子從床邊轉過身來。

羅杰斯小聲問：「她……她是不是……」他舔著乾澀的嘴唇。

阿姆斯壯點點頭。

「是的，她死了。」

他若有所思地望了羅杰斯一會兒，然後兩人走到床邊的小桌旁，又走到洗臉架側，最後回到看似熟睡的女人身邊。羅杰斯一直跟在醫生身後。

羅杰斯說：「是……是心臟的問題嗎，醫生？」

阿姆斯壯醫生沉吟片刻後問道：「她平時身體怎樣？」

羅杰斯說：「她有點風溼。」

「最近看過醫生嗎？」

「醫生？」羅杰斯看著阿姆斯壯。「我們兩個已經很多年都不需要找醫生了。」

「她應該沒有心臟方面的毛病吧？」

「沒有。我從不知道她有心臟病。」

阿姆斯壯又問：「昨晚她睡得好嗎？」

羅杰斯避開阿姆斯壯的眼光，不安地搓著雙手低聲咕噥道：「她不是睡得特別好……」

醫生厲聲問道：「她有沒有吃安眠藥幫助入睡？」

羅杰斯奇怪地看著阿姆斯壯。「吃藥？幫助入睡？就我所知應該沒有，我確定她沒吃。」

阿姆斯壯走到洗臉架旁。

洗臉架上擺了幾個瓶子。有洗髮精、薰衣草香水、止瀉劑、擦手用的黃瓜甘油、牙刷、牙膏和刮鬍膏。

羅杰斯幫著阿姆斯壯打開梳妝台的抽屜，接著又打開五斗櫃。裡面都沒有安眠藥。

羅杰斯說：「她昨晚什麼都沒吃，先生，除了你給她服用的……」

§

九點鐘，在早餐的鑼聲響起之前，大家早都起來等著吃飯了。

麥卡瑟將軍和法官在屋外露台上散步，不時交換著對國內外政局的看法。

薇拉和隆巴德爬到屋後的山丘上。他們發現布洛爾正站在那兒眺望對面的陸地。

他說：「還是看不到汽船的影子。我已在這兒望了半天。」

薇拉笑著說：「德文郡的生活步調很慢，什麼事都會拖上一陣。」

隆巴德則朝另外一個方向望著。他突然說：「你們覺得天氣怎樣？」

布洛爾瞥了天空一眼說：「我覺得天氣不錯啊。」

隆巴德吹了一聲口哨，然後表示：「我看天黑以前會轉壞。」

布洛爾說：「暴風雨，啊？」

山下傳來鑼聲。

菲利普・隆巴德說：「開飯啦？我要去吃點東西。」

當一行人沿著陡坡往下走時，布洛爾若有所思地對隆巴德說：「我真不明白，那個年輕人為什麼要自殺！我昨天一整晚都在煩惱這件事。」

薇拉稍稍領先在前頭。隆巴德停下腳步問：「有沒有其他可能？」

「我需要證據。首先是動機。我覺得馬斯頓應該滿闊綽的。」

布蘭特小姐從客廳的落地窗內走出來迎向他們。

她尖聲問：「船來了嗎？」

「還沒。」薇拉答道。

大家走進飯廳吃早飯。餐具櫃上有一大盤荷包蛋和鹹肉，還有茶和咖啡。

羅杰斯打開飯廳門讓大家進去後，又從外面把門關上了。

愛蜜莉・布蘭特說：「羅杰斯今早好像不太舒服。」

站在窗邊的阿姆斯壯清了清喉嚨說：「早飯你們就……呃，將就點吧。羅杰斯得自己一個人張羅早飯，因為羅杰斯太太，嗯……呃，今天早上不能做飯了。」

布蘭特小姐立即問道：「那女人怎麼了？」

阿姆斯壯醫生從容地說：「先吃飯吧，蛋快涼了。吃過飯後我想和各位商量幾件事。」

大夥一聽便明白了，於是各自去拿餐食、倒飲料，並開始用餐。

眾人非常有默契地閉口不談島上的事，大家只是漫無邊際地聊著一些流行時尚、國際新聞、體育比賽，以及最近傳得沸沸揚揚的湖怪現象。

後來等杯盤都撤走後，阿姆斯壯挪了挪椅子，嚴肅地清清喉嚨，開始說話：「我想最好等餐後再將這不幸的消息告訴你們。羅杰斯太太在睡夢中死去了。」

眾人一驚，屋內響起一片驚呼聲。

薇拉叫道：「太可怕了！從我們到戰士島後，已經死兩個人了。」

沃格夫先生瞇著眼，用微弱而清晰的聲音說：「嗯！真奇怪，死因是什麼？」

阿姆斯壯聳聳肩。

「一時間說不上來。」
「檢查過屍體了嗎？」
「我無法開具死亡證明，我完全不了解她平時的身體狀況。」
薇拉說：「她看起來很神經質，我想可能是昨晚受了驚嚇，引發心臟病吧。」
阿姆斯壯醫生冷冷地說：「她的心臟確實停止跳動了。問題是，是什麼原因造成的？」
布蘭特小姐吐出四個字，重重地敲擊著在場人士的心。
「良心不安！」她說。
阿姆斯壯醫生轉身看著她。「你這話究竟是什麼意思，布蘭特小姐？」
愛蜜莉．布蘭特說：「大家都聽見了。她和她丈夫被控蓄意謀殺他們以前的主人，一位老太太。」
「那你覺得呢？」
布蘭特小姐說：「我認為這個指控是真的。她昨晚的樣子你們都看到了，整個人幾乎快崩潰、昏死過去了。罪愆被當面揭發的驚嚇太猛烈了，所以她純粹是嚇死的。」
阿姆斯壯醫生懷疑地搖搖頭。
「理論上有可能。」他說，「但是在不明瞭她的健康狀況前，我沒辦法採信這種說法。如果她有心臟病……」

布蘭特小姐靜靜地說：「這就是所謂的『天網恢恢』啊。」

眾人一片愕然。布洛爾先生不安地說：「你有點過分了，布蘭特小姐。」

她兩眼炯炯有神地望著大家，揚著下巴說：「你們認為一個罪人受到上帝的懲罰是不可能的事嗎？我可不這麼認為！」

法官摸摸下巴，冷笑著說：「我親愛的女士，根據我對付罪惡的經驗，老天把審判和懲罰的工作丟給了我們人類，它的過程是非常辛苦艱難的，沒有什麼捷徑可抄。」

布蘭特小姐聳聳肩膀。

布洛爾大聲說：「昨晚她上床後吃了什麼？喝了什麼？」

阿姆斯壯說：「什麼都沒有。」

「什麼都沒吃嗎？一杯茶、一口水都沒喝？我敢打賭，她一定有喝茶。一般人晚上都會喝茶。」

「羅杰斯向我保證說，她什麼也沒吃。」

「是喲，」布洛爾說，「他當然會這麼說。」

布洛爾話中帶刺，阿姆斯壯緊盯著他看。

隆巴德說：「原來你是這樣想的啊。」

布洛爾盛氣凌人地說：「為什麼不可以？大夥昨晚全聽到那番指控了。那些話也許只是無中生有，一派胡言；但另一方面，也有可能不是。我們先假設它是真的。羅杰斯和他老婆幹掉了老太太，他們一直覺得很安心，也很自在……」

「不，」薇拉打斷他的話，低聲說：「我不認為羅杰斯太太會感到安心。」

被打斷話的布洛爾憤憤地看了她一眼。

「女人就是這樣。」他的目光彷彿如此說道。

布洛爾接著往下表示：「也許你說得對。但就他們所知，眼前並沒有任何重大的威脅。然而昨天晚上，一個不為人知的瘋子洩漏了祕密。接著呢？這個女人崩潰了，完全垮了。我注意到羅杰斯太太醒過來後她丈夫的表情，沒有一點做丈夫應有的關懷！一丁點都沒有！他就像熱鍋上的螞蟻般煩躁不安，生怕妻子說漏了嘴。

「站在他們的立場想一想！他們殺了人卻逍遙法外，但這事若被挖了出來，會產生什麼後果？百分之九十這個女人會吐露祕密，她不夠強悍，撐不下去，也掩飾不了。對羅杰斯來說，她就是一顆定時炸彈。羅杰斯不會有事，他自己到死都能裝出一副無辜的樣子，但他不敢保證老婆可以！如果她垮了，他也跟著完蛋。所以羅杰斯便在她的杯子裡放了點東西，讓她永遠閉緊嘴巴。」

阿姆斯壯緩緩說道：「她床邊沒有空杯子……什麼都沒有，我看過了。」

布洛爾輕蔑地說：「當然什麼都沒有！羅杰斯太太喝過之後，羅杰斯第一件事就是把茶杯、茶碟拿走，仔細地洗乾淨。」

室內一片沉寂。

過了一會兒，麥卡瑟將軍懷疑地說：「是有可能。但我很難想像一個男人會對妻子……做這樣的事。」

布洛爾笑了一聲。他說：「男人在生死攸關的當頭，是不會停下來顧念什麼情義的。」

眾人沉默不語。這時門開了，羅杰斯走了進來。

他依次看看大家，問道：「有什麼事需要我效勞嗎？」

沃格夫法官在椅子裡動了動身子，問道：「汽船通常什麼時候到？」

「七點到八點之間，先生，有時八點過一點才來。不知道納拉科今天早上怎麼了。如果他病了，應該也會派他弟弟來。」

隆巴德問：「現在幾點了？」

「九點五十分，先生。」

隆巴德抬起眉，慢慢點了幾下頭。

羅杰斯在一旁等著。

麥卡瑟將軍突然說：「很遺憾聽到尊夫人的事，羅杰斯。醫生剛剛告訴我們了。」

羅杰斯低下頭。

「是的，先生。謝謝您。」

他拿起空肉盤走出去。

房內再度陷入一片靜寂。

§

屋外露台上，隆巴德說了：「這艘汽船……」

布洛爾看著他，點了點頭，說道：「我知道你在想什麼，隆巴德先生。我也問過自己同樣的問題。汽船兩小時前就該到了，但至今沒來，為什麼？」

「找到答案了嗎？」隆巴德問。

「這不是偶發的……這就是我的答案。它是整個事件的一部分，至今發生的事都是相互關聯的。」

隆巴德說：「你認為船不會來了？」

有人不耐煩地在他身後說：「船不會來了。」

布洛爾轉過身，意味深長地看著說話的人。「你也這麼認為嗎，將軍？」

麥卡瑟將軍說：「當然不會來了。我們只能靠船離開這兒……這是策畫好的，我們無法離開這裡了……我們中間沒有一個人能離開這座島……這就是結局了，你們懂嗎，這就是一切的結束……」他猶豫了一下，然後透著怪異地沉聲說：「萬物皆歸於平靜，真正的獲得安息。來到終點，不再繼續前行……是的，安息……」

他突然轉身走開，沿著露台，走下斜坡，朝著傾斜的海岸走去，那是小島的尾端，到處可見散落的岩礁沒入海水之中。

麥卡瑟步履踉蹌，就像個半醉半清醒的人。

布洛爾說：「又一個人瘋了！看來最後大夥都會跟著瘋瘋癲癲。」

隆巴德說：「我想你不會，布洛爾。」

這位前警官笑了。

「要讓我發瘋很難哪。」接著他又冷冷加上一句：「而我也不認為你會走上那條路，隆巴德先生。」

隆巴德說：「我目前還很正常，謝了。」

§

阿姆斯壯醫生來到了露台上，站在那兒不知該往哪邊走。往左會碰到布洛爾和隆巴德，朝右轉又會撞上正低頭來回踱步的沃格夫。

阿姆斯壯猶豫了一會兒，轉身朝沃格夫走去。

就在這時，羅杰斯從別墅裡跑了出來。

「能和您說句話嗎，先生？」

阿姆斯壯轉過身。

眼前的景象令他大吃一驚。

羅杰斯面部抽搐，臉色灰青，雙手顫個不停，和幾分鐘前的拘謹克制判若兩人，阿姆斯壯嚇得倒退一步。

「拜託你，先生，我想和您說句話。請跟我到屋裡說句話，先生。」

醫生折回來，跟著近乎狂亂的管家走回別墅。

他邊走邊問：「出了什麼事，羅杰斯？你鎮靜些。」

「這邊，先生，請到裡面來。」

他打開飯廳門，醫生先行進去，羅杰斯跟進來，隨手把門關上。

「好啦，」阿姆斯壯說，「到底出了什麼事？」

羅杰斯的喉頭不停地抽動，他用力嚥著口水，衝口說道：「先生，發生了一些事情，我弄不懂。」

阿姆斯壯厲聲問：「事情？什麼事情？」

「你一定以為我瘋了，先生。你會說那沒什麼。但這一定得解釋清楚才行啊，先生，得解釋清楚。因為實在太沒道理了。」

「好啦，老弟，究竟是什麼事？別再打啞謎了。」

羅杰斯又吞了口水。他說：「就是那些小瓷人，先生。桌子中間的小瓷人。一共是十個，我發誓，是十個。」

阿姆斯壯說：「對，是十個。昨晚吃飯時我們數過的。」

羅杰斯走近阿姆斯壯。「問題就在這兒，先生。昨晚我收拾飯廳時只剩九個了。當時我覺得怪怪的，但沒放在心上。今早我擺早飯時，心煩意亂，也沒多注意。可是剛才，先生，我進去收拾桌子時……不信的話你自己去看，只剩八個了，先生！只剩八個了！這講不通的，不是嗎？只剩八個……」

07

吃過早飯，布蘭特小姐建議薇拉·柯索恩到山頂上走走，順便看看船來了沒有。薇拉同意了。

海風清新宜人，海面上白色的碎浪四處可見，卻始終見不到漁船，也看不到汽船的影子。

她們看不到口角港村，僅能見到村莊周圍的山影，以及紅岩峭壁下隱蔽的海灣。

布蘭特小姐說：「昨天送我們來的那個人，看起來挺可靠的。奇怪了，他今早怎麼這麼晚還沒來？」

薇拉沒說話，她正在努力遏制內心的恐慌。她生氣地對自己說：「要冷靜，這可不像你，你一直是個勇敢的人。」

過了一會兒，她大聲說：「但願他會來。我……我真的想走了。」

布蘭特小姐冷冷地表示：「我想大家都和你一樣。」

薇拉說：「一切都這麼反常。似乎……似乎沒有一點道理可言。」

旁邊那位年長的女人尖刻地說：「我真後悔這麼粗心地接受這項邀約。如果肯仔細想一下，就會發現那封信其實是很荒謬的。可是我當時竟然毫無懷疑……一點也沒有懷疑。」

薇拉虛應道：「我想也是。」

「人哪，太容易把事情想得理所當然了。」愛蜜莉．布蘭特說。

薇拉深深吸了一口氣，說道：「你早飯時說的那番話……你真的那麼想嗎？」

「麻煩你說得更清楚些，親愛的。你指的是哪一段話？」

薇拉低聲說：「你真的認為羅杰斯和他太太害死了那位老太太嗎？」

布蘭特小姐若有所思地望著大海，然後說道：「就我個人而言，我滿肯定的。你呢，你怎麼想？」

「我腦子裡亂極了。」

布蘭特小姐說：「種種跡象都支持這項推測。記得吧，那個女人嚇得昏了過去，羅杰斯手裡的咖啡盤也掉了。後來他說的那些話，聽起來就很不真實。噢，是的，他們把老太太殺了。」

薇拉說：「她那種擔驚受怕……連自己的影子都會怕的樣子！我從未見過如此驚惶的女人。她一定一直提心吊膽……」

布蘭特小姐低聲說：「我記得小時候，房裡掛了一段經文叫〈罪孽終將敗露〉。這話真是千真萬確，罪孽終將敗露。」

薇拉匆忙站起來說：「但是布蘭特小姐……布蘭特小姐，假如是這樣的話……」

「怎麼了，親愛的？」

「其他人呢？其他人是怎麼回事？」

「我不明白你的意思。」

「對其他人的指控，那些……那些都不是真的吧？可是如果對羅杰斯夫婦的指控是真的……」

她停住了，她無法理清自己混亂的思緒。愛蜜莉・布蘭特方才一直困惑地皺著眉，現在她聽明白了。

她說：「噢，我明白你的意思了。隆巴德先生不就承認自己曾經把二十個人丟下來等死嗎？」

薇拉說：「他們只是一些土著……」

布蘭特小姐厲聲說：「無論什麼人，他們都是我們的手足。」

薇拉心想：「我們的手足，我們的手足。我真想笑，我簡直快要發瘋了。我有點不正常了……」

布蘭特小姐繼續若有所思地說：「當然，有些指控完全是無稽之談，荒謬至極。比如說法官吧，他只是在履行職責。還有那個蘇格蘭警場的前任警官。我自己也是。」她頓了一下，然後又接著說：「昨天晚上那種情況，我自然什麼也沒說，因為這個話題不宜在男士面前討論。」

「不宜討論？」

薇拉饒有興味地聽著。布蘭特小姐繼續平靜地陳述：「貝翠絲・泰勒是我的傭人。這女孩很不正經，但當我發現的時候已經太晚了。我被她騙慘了。她看起來舉止端莊、整潔又勤勞，我非常喜歡她。當然，這一切全是裝出來的！實際上，她是個放蕩的女孩。簡直令人作嘔！我過了一段時間後才發現，原來她『有了麻煩』。」她頓了頓，細巧的鼻子厭惡地抽了幾下。「這對我的打擊太大了。她的父母都是正派人士，對她管教得很嚴。他們沒原諒她，這點倒頗令我高興。」

薇拉盯著布蘭特小姐。「後來呢？」

「我當然不能再和她共居一室囉，一個小時也不行。我不能讓人說我容忍這種淫蕩的行為。」

薇拉低聲問：「後來……她怎麼樣了？」

布蘭特小姐說：「那放蕩的東西，做錯一件事還不夠，還要再犯一次罪。她自殺了。」

薇拉驚詫地喃喃說：「她自殺了？」

「是的，跳河自殺。」

薇拉一陣戰慄。

她望著布蘭特小姐鎮定而優雅的側面，說道：「聽到她自殺的消息時，你有什麼感覺？會不會自責？」

愛蜜莉．布蘭特挺了挺身子。

「自責？我沒有一丁點需要自責的地方。」

薇拉說：「可是，如果她是被你的無情逼上絕路的呢？」

布蘭特冷冷地說：「她自己的行為，她自己的罪孽，才是她走上絕路的原因。如果她謹守婦道的話，就什麼事都不會發生。」

她轉過臉看著薇拉，眼裡沒有一絲的懊悔和不安，有的只是自信與無情。愛蜜莉．布蘭特坐在戰士島的最高處，沉浸在自己對美德的熱愛之中。

對薇拉來講，這個老處女再也不是一個滑稽可笑的人了。

她突然變得十分恐怖。

§

阿姆斯壯醫生走出飯廳，再度來到露台上。

法官正坐在椅子裡平靜地眺望大海。

隆巴德和布洛爾站在左邊，無言地抽著菸。

醫生和以前一樣猶豫了一下，目光落在沃格夫法官身上，他想找人商量商量。他知道法官的思維極為嚴謹周密，但他還是有些遲疑。賈士帝．沃格夫先生也許頭腦犀利，不過他畢竟上了年紀。阿姆斯壯覺得在這種緊要關頭，他需要的是位有行動力的人。

他拿定主意了。

「隆巴德，我能和你說幾句話嗎？」

隆巴德吃了一驚。

「當然可以。」

兩個人離開露台，沿著斜坡朝海邊走去。到了僻靜處，阿姆斯壯說：「我想聽聽你的意見。」

隆巴德的眉毛聳了起來。他說：「親愛的朋友，我根本不懂醫學啊。」

「不，不，我是指這整件事。」

「噢，那就不一樣了。」

阿姆斯壯說：「老實說，你有什麼看法？」

隆巴德思索了一下，然後表示：「整件事頗令人玩味，不是嗎？」

「羅杰斯太太的事你怎麼看？你同意布洛爾的觀點嗎？」

菲利普吐了一口菸說：「就這件事而言……布洛爾的話不無道理。」

「沒錯。」

阿姆斯壯的聲音似乎輕鬆多了。隆巴德並不是傻瓜。

隆巴德說：「我們先假定羅杰斯夫婦當時的確神不知鬼不覺地殺了人……我覺得他們大有可能。你想他們是怎麼下手的？我是指毒死那位老太太？」

阿姆斯壯慢慢答道：「可能比下毒簡單多了。今天早上我問羅杰斯，白蒂太太得的是什麼病，他的回答透露了玄機。醫學上的細述我就不多說了，總之，某些類型的心臟疾病是用亞硝酸戊酯[3]來治療的，病發時，要立即服用一管亞硝酸戊酯。如果不及時服用，便很容易致死。」

隆巴德若有所思地說：「原來如此簡單。那一定相當……具有誘惑力。」

醫生點點頭。

「是的，不必採取任何行動，既不用找毒劑也不用下藥，不需要有任何具體的行動，只消丟著不管！羅杰斯深夜才急急忙忙地去找醫生，他們很確定永遠不會有人知情。」

「就算有人知道，也抓不到任何證據。」隆巴德說。

他突然皺起眉頭。

「沒錯，這樣就說明了很多事。」

阿姆斯壯不解地問：「對不起，我沒聽懂你的話。」

隆巴德說：「我的意思是，這解釋了戰士島上發生的一切。大家都是未曾受到法律制裁的罪人。羅杰斯夫婦是一例，再比如老沃格夫，他是披著法律的外衣殺人。」

阿姆斯壯回問道：「你相信他的事？」

隆巴德笑了。

「哦，是的，我相信。沃格夫無疑害死了愛德華．塞頓，那就像用匕首刺穿他一樣。但是他太過奸詐，是光明正大穿著法袍、戴著假髮，坐在法官的席位上動手的，所以你無法用正常的手段去證明他有罪。」

阿姆斯壯腦裡閃過一個念頭。

3　亞硝酸戊酯（amyl nitrite），是一種血管舒張劑，用於治療心絞痛。

「醫院裡的謀殺。手術台上的謀殺。無法證明，是的，無法證明。」

隆巴德正談到：「所以……歐文先生……所以……戰士島！」

阿姆斯壯深深地吸了口氣。

「我們現在慢慢知道答案了。但他把我們大家召來這兒的真正目的是什麼？」

隆巴德問道：「你覺得呢？」

阿姆斯壯很快地說：「我們先回到羅杰斯太太死亡一事吧。她的死有幾種可能性，首先是羅杰斯害怕她洩漏祕密，因而殺了她。第二種可能就是，她受不了壓力，選擇較容易的方式逃避。」

隆巴德說：「自殺，是嗎？」

「你說呢？」

「如果馬斯頓沒死，我會說很有可能。十二個小時內有兩個人自殺，這有點離譜吧？如果你告訴我，馬斯頓這種和牛一樣衝動、沒頭腦、還飆車意外壓死兩個小孩的人會去自殺……嘿，這太可笑了！還有，他是怎麼弄到藥的？據我所知，氰化鉀不是那種可以隨身攜帶的藥物，那是你們醫生才拿得到的東西。」

阿姆斯壯說：「神智正常的人絕對不會隨身帶著氰化鉀。想去捅蜂窩的人，倒是有可能帶上。」

「像園藝工人或園主嗎？反正啊，絕不會是東尼．馬斯頓。我覺得氰化鉀的來源要弄清楚。要嘛馬斯頓來戰士島之前就打算自殺，所以才帶在身上；要不然就是……」

阿姆斯壯追問道：「就是什麼？」

隆巴德咧嘴笑了。

「幹嘛要我說？其實話已經在你嘴邊了……東尼．馬斯頓是被謀殺的。」

§

阿姆斯壯深吸口氣。

「那麼羅杰斯太太呢？」

隆巴德慢吞吞地說：「如果沒有發生羅杰斯太太的事，我可能會相信馬斯頓是自殺的（儘管這很不具說服力）。反之，若沒有發生馬斯頓的事，我也可能相信羅杰斯太太是自殺的（這倒不難）。若非馬斯頓猝死，我會相信是羅杰斯殺了自己的妻子。目前我們需要一種推論，來解釋為什麼這麼短的時間內會接連死了兩個人？」

阿姆斯壯說：「我想我可以幫忙做點推論。」

接著他重述了羅杰斯提到那兩個小瓷人神祕失蹤的事。

隆巴德說：「噢，小瓷人……昨晚吃飯時是十個，現在只剩八個了，是嗎？」

阿姆斯壯背起了那首童謠：

十個小小戰士吃飯去，
一個嗆死剩九個。
九個小小戰士睡過頭，
一個不醒剩八個。

兩個人相互看了一眼，隆巴德咧嘴笑笑，扔掉手裡的香菸。

「這也他媽的太巧了！昨天晚飯後馬斯頓窒息而死，而羅杰斯太太又一睡不醒……」

「所以呢？」阿姆斯壯問。

隆巴德繼續說：「輪到另一個小戰士了，砍樹枝的那個！不知名的X！歐文先生！U·N·歐文！一個不知何許人也的大瘋子！」

「啊！」阿姆斯壯鬆了口氣。「你也同意我的看法了？但是你知道這表示什麼嗎？羅杰斯發誓，島上除了我們和他們夫妻外，再沒有任何人。」

「羅杰斯弄錯了！要不就是他撒謊！」

阿姆斯壯搖搖頭。

「我覺得他沒撒謊。那傢伙嚇壞了，幾乎都快精神失常了。」

隆巴德點點頭。

他說：「今早汽船沒來，這很符合。顯然這也是歐文先生的安排。在他的計畫完成之前，戰士島將繼續與外界隔絕。」

阿姆斯壯的臉霎時變得雪白。他說：「你知道，那傢伙必然是個不折不扣的瘋子！」

隆巴德突然有點興奮地說：「歐文先生有件事倒是不知道。」

「什麼事？」

「這座島光禿禿的。我們簡單搜索一下，應該很快就能找到U・N・歐文老爺了。」

阿姆斯壯醫生激動地說：「他可是很危險的。」

隆巴德笑了。

「危險？誰怕大野狼啊？等我抓到他時，他才會知道是誰危險哩！」

他頓了一下，又說：「最好把布洛爾拉來幫忙。他在關鍵時刻一定使得上力。這事最好別告訴女士們。至於其他人嘛，麥卡瑟將軍是個老糊塗，老沃格夫又特別遲鈍。我們三個人聯手就綽綽有餘了。」

／08

不費吹灰之力，布洛爾便被拉進來了，而且立即表示同意他們的看法。

「你們提到了瓷人，瓷人讓整件事都改觀了。那真是太瘋狂了！你們有沒有想過，這個歐文好像只是在幕後操縱，所有的事都是由別人代他動手？」

「說清楚點，老兄。」

「好吧，我的意思是說，昨晚留聲機事件之後，馬斯頓嚇得服毒自殺。羅杰斯也怕到宰了自己的老婆！這一切都按著歐文的計畫進行。」

阿姆斯壯搖搖頭，強調氰化鉀的來源問題，布洛爾表示同意。

「是啊，這點我倒忘了。氰化鉀不是一般人可隨身攜帶的東西。但它是怎麼跑到馬斯頓的杯子裡的，先生？」

隆巴德說：「我一直在想這件事。馬斯頓昨晚喝了幾次酒。在最後一次和前一次之間有個空檔。這段時間他的杯子並沒拿在手上。我雖然不確定，但我記得好像是放在窗邊的小桌子上。窗戶是開的。投毒的人可以從那裡把氰化鉀放進他的杯子裡。」

布洛爾不相信地說：「我們都沒看到外面有人哪，先生。」

隆巴德冷冷地說：「大家的注意力……全都放在別的地方。」

阿姆斯壯緩緩說道：「是的。大夥剛剛遭到攻擊，一群人在房裡走來走去，為自己辯解，發洩怒氣，沒人關注其他事。我覺得投毒的人很可能得手……」

布洛爾聳聳肩。

「事實上，他也確實得手了！兩位，我們開始吧。有沒有人剛好帶著槍？這麼問，大概有點奢求吧？」

隆巴德說：「我有一把。」他拍拍自己的口袋。

布洛爾驚奇地瞪大眼睛，故作做輕鬆地說：「你一向都帶著槍嗎，先生？」

隆巴德說：「通常是的，我跑過一些很危險的地方。」

「噢，」布洛爾又說，「只怕你從未到過比這裡更危險的地方！如果有個瘋子躲在島上，他身上搞不好裝了個小火藥庫……更不必說刀啦、匕首之類的。」

阿姆斯壯一陣咳嗽。

「你錯了，布洛爾。許多殺人狂表面上非常平和謙遜，很討人喜歡的。」

布洛爾說：「我覺得這傢伙不會是那一類人，阿姆斯壯醫生。」

§

三個人開始在島上搜尋。

事情出乎意料的簡單。島的西北部面向海岸的一側，是片垂直於水面的峭壁，似乎從未有人上去過。島上其餘部分，也都是光禿禿的，沒長一棵樹木。三個人上上下下在島的最高處和海平面間依序搜尋，不放過岩石間任何一小處不尋常的凹陷，希望能發現某個山洞入口，卻一個山洞也沒找到。

最後，他們一直搜到了海邊，在那兒碰到坐岸觀海的麥卡瑟。此處異常寧靜，只聞海浪擊岸之聲。老人直直地坐在岩石上，盯著遙遠的地平線。

他似乎不在意布洛爾等人的到來。這種冷漠的態度讓人多少有些反感。

布洛爾暗想：「這不太正常啊。他看起來好像有點恍惚。」

布洛爾清清嗓門走上前，用聊天的語調說：「你找到的這個地方很幽靜啊，先生。」

將軍皺皺眉，回頭瞥了布洛爾一眼。「時間不多了……不多了，請你們別來吵我。」

布洛爾溫和地說：「我們不會打擾你。我們只是在島上逛逛而已，我們在猜，島上是不是還藏了另一個人。」

麥卡瑟將軍又皺起眉頭。

「你不懂……你什麼都不懂。請走開吧。」

布洛爾退回來，對隆巴德和阿姆斯壯說：「他瘋了……沒辦法和他說話。」

隆巴德好奇地問：「他說什麼？」

布洛爾聳聳肩。

「什麼『時間不多了』、『不想被打擾』之類的。」

阿姆斯壯皺著眉，低聲喃喃道：「不知道這一次……」

§

搜尋結束了。三個男人站在戰士島的最高處遙望大陸。海風清涼，洋面上見不到一絲船影。

隆巴德說：「沒有漁船出海，看樣子要起暴風雨了。可惜從這裡看不到對面的村子，不然我們可以打信號或想點別的辦法。」

布洛爾說：「今晚我們可以生一堆火。」

隆巴德皺著眉頭說：「問題是，說不定一切都被堵死了。」

「怎麼個堵法，先生？」

「我怎麼知道啊？也許他們會以為這是在惡作劇，說我們是被放逐到這兒，根本不需要理會我們發出的信號。或許有人告訴村裡的人我們在打賭……反正填塞一堆亂七八糟的理由就對了。」

布洛爾懷疑地問：「你覺得他們會相信嗎？」

隆巴德冷冷地說：「相信比求證容易啊！如果有人告訴村民說，要將小島與大陸隔絕，直到歐文先生默默地殺死所有賓客……你認為他們會相信嗎？」

阿姆斯壯說：「有時連我自己都不相信。可是……」

隆巴德咬著唇說：「『可是』！實際上就是這麼回事。你自己都這麼說了，醫生。」

布洛爾俯視著海水說道：「我想，沒人能從這兒爬下去吧？」

阿姆斯壯搖搖頭。

「不可能。這兒太陡斜了；而且他能藏在哪兒呢？」

布洛爾說：「也許峭壁中間有個洞。如果有船，我們就可以繞島一周看看。」

隆巴德說：「如果有船，我們只怕已經快回陸地上了。」

「那倒是，先生。」

隆巴德突然說：「我們可以搜查這片懸崖。這裡只有一個地方可能會有凹洞……就是這邊下面稍稍偏右的地方。如果兩位能找到繩子，可以把我放下去看個究竟。」

布洛爾說：「最好還是確定一下吧，雖然搜到峭壁上去實在有點荒唐。我去看看能不能找到什麼東西。」

他快速走向山下的別墅。

隆巴德望望天空，雲彩正慢慢聚攏，風也比剛才強勁多了。

他瞥了阿姆斯壯一眼說：「你怎麼不說話，醫生？在想什麼？」

阿姆斯壯緩緩說道：「我只是在想，老麥卡瑟到底瘋到什麼程度了……」

§

薇拉一上午都坐立不安，她竭力迴避布蘭特小姐，覺得她既可怕又可恨。

布蘭特小姐坐在牆角的避風處打毛線。

薇拉一想到布蘭特小姐，就彷彿看到那溺斃的女孩……臉色白蒼蒼，髮上纏著海草……那臉孔曾經美麗動人，也許是因放浪而美麗吧……而今卻變得可悲亦可怖。

冷靜而道貌岸然的布蘭特小姐靜靜地坐著打毛線。

露台上，沃格夫先生蜷坐在守衛椅上，整個頭縮進脖子裡。

薇拉看著他，眼前浮現出一名站在被告席上的年輕人，一名金髮碧眼、驚慌恐懼的年輕人——愛德華．塞頓。想像中，法官用一雙老手拿著黑布蒙住塞頓的頭，然後開始宣判他的罪刑……

過了一會兒，薇拉緩緩地朝向海邊走去。她來到海島的邊陲，遇見坐在那兒望著海的老人。

薇拉的到來驚動了麥卡瑟。麥卡瑟轉過頭，臉上是一種驚疑摻半的複雜神情，把薇拉嚇了一跳。他目不轉睛地盯著薇拉看了兩三分鐘。

薇拉心想：「真奇怪！好像他知道……」

他說：「噢，是你啊！你來了……」

薇拉在他身邊坐下說：「你喜歡坐在這裡看海？」

他輕輕點點頭。

「是的，」他說，「坐在這裡很舒服。我覺得這裡是個等待的好地方。」

「等待？」薇拉尖銳地問道，「你在等待什麼？」

麥卡瑟輕聲說：「等待結局。不過我想你了解，對吧？這是事實，不是嗎？我們每個人都在等待結局。」

薇拉遲疑地問：「你是什麼意思？」

麥卡瑟將軍嚴肅地說：「我們沒有一個人能離開戰士島，這全被計畫好了，你當然也心知肚明。也許你還不能了解的是那種解脫的感覺吧。」

薇拉不解地問：「解脫？」

他說：「是的。當然，你實在太年輕了，還無法體會。但解脫的感覺真的會降臨！當你明白一切都過去了，不再需要扛負沉重的負擔……總有一天，你也會有那種感受……」

薇拉啞聲說：「我不懂你的意思。」

她的手指搐搐顫顫，突然對這位平靜的老兵起了畏懼。

麥卡瑟沉吟道：「你知道，我愛萊絲麗，非常愛她……」

薇拉問道：「萊絲麗是你妻子嗎？」

「是的，我的妻子……我愛她，我以她為榮。她是那麼美麗，那麼活潑。」

他沉默了幾分鐘，接著又說：「是的，我愛萊絲麗，所以才會那麼做。」

薇拉問：「你的意思是……」然後不說了。

麥卡瑟將軍微微點著頭。

「現在沒必要否認了，我們都已經死到臨頭。是我把里奇蒙送上死路的。從某種程度來說，就是謀殺。真難以理解，謀殺……我一直是個循規蹈矩的人！但當時並不覺得是謀殺啊！我並不後悔，『那是他咎由自取！』當時我就是這麼想的，可是後來……」

薇拉問：「後來怎麼了？」

他茫然地搖搖頭，看來困惑而悲傷。

「我不知道，我……不知道。結果和我想像的完全不一樣。我不知道萊絲麗是不是猜到了……我不認為，但是，萊絲麗好像變了個人，離我很遠很遠。後來，她死了，剩下我孤零零的一個……」

薇拉說：「孤零零的一個，孤零零……」

她的聲音在岸石間迴盪。

麥卡瑟將軍說：「當結局來臨時，你也會高興的。」

薇拉站起來，厲聲說：「我不明白你在說什麼！」

麥卡瑟將軍表示：「我了解，我的孩子，我了解……」

「你不了解，你什麼都不知道……」

麥卡瑟將軍再次望向大海，似乎忘了身後的薇拉。

他用極溫柔的聲音喚道：「萊絲麗……」

§

布洛爾從別墅拎著一綑繩子回來了，他看見阿姆斯壯站在原地朝懸崖下探望。

布洛爾氣喘噓噓地問：「隆巴德呢？」

阿姆斯壯漫不經心地答道：「大概去試試別的辦法了吧，他一會兒就回來。布洛爾，我滿擔心的。」

「我看我們大家都很擔心。」

醫生不耐煩地擺擺手。

「當然，當然。但我不是指那個，我是在想麥卡瑟那老頭子。」

「他怎麼了，醫生？」

「我們要找的是個瘋子。你看會不會就是麥卡瑟？」

布洛爾不可置信地問：「你說他是凶手？」

阿姆斯壯不甚確定地說：「我不該這麼說，真的，畢竟我不是精神科醫生，也沒和他好好談過話……我沒有從精神學的角度去觀察過他。」

布洛爾說：「他是有點神經兮兮！可是我不覺得他……」

阿姆斯壯費了點力氣打斷他，也好像在幫助自己集中精神。

「也許你說得沒錯！媽的，一定有人藏在島上！噢，隆巴德來了。」

他們小心翼翼地拴好繩子。

隆巴德說：「我會當心的。你們注意看繩子有沒有突然拉緊。」

兩人一起站著觀察隆巴德的動作一兩分鐘後，布洛爾說：「他靈活得像貓一樣，對吧？」

他的語氣怪怪的。

阿姆斯壯說：「我想他年輕時一定從事很多登山活動。」

「可能吧。」

沉默片刻後，那位前警官又說：「奇怪的傢伙。你知道我在想什麼嗎？」

「什麼？」

「他是個壞蛋！」

阿姆斯壯懷疑地問：「哪方面？」

布洛爾嘟囔一聲，然後說：「我其實也不清楚，但是我完全沒辦法相信他。」

阿姆斯壯醫生說：「我猜他一直過著冒險生活。」

布洛爾說：「我敢斷定他的冒險生涯是見不得人的。」他停了一下又問：「你身上有沒有帶槍，醫生？」

阿姆斯壯驚愕地瞪大眼睛。

「我？天啊，沒有！我幹嘛帶槍？」

布洛爾問：「隆巴德為什麼會帶槍？」

阿姆斯壯遲疑地說：「我想大概是……習慣吧。」

布洛爾哼了一聲。

繩子突然扯了一下，兩人忙拉住繩子，一會兒等繩子鬆了後，布洛爾說：「人有各種各樣的習慣！隆巴德會帶槍到荒無人煙的地方，還有睡袋、煤油爐、殺蟲粉，這點是無庸置疑的！但他不至於習慣性地把全副武裝都帶到這兒吧！只有小說裡的人才會理所當然地帶著槍到處跑。」

阿姆斯壯醫生困惑地搖搖頭。

他們探出頭去觀察隆巴德，隆巴德搜查得很仔細。布洛爾和阿姆斯壯立即看出，這趟尋索是白費工夫了。一會兒，隆巴德爬上崖邊，站定後他邊擦汗邊說：「我們認了吧，那個人一定在別墅裡，不會在別的地方。」

§

別墅搜起來很容易。他們先搜查外面的倉庫，然後又開始找裡面的房間。他們在餐具櫃裡找到一束羅杰斯太太的捲尺，還滿有用的，不過房裡絕沒有多餘的空間可以闢為密室，這是棟簡單、筆直而沒有任何隱蔽的現代建築。他們先搜完一樓，然後三人上去臥房那層樓。這時，他們從落地窗裡看見羅杰斯端著放滿酒杯的托盤向露台走去。

隆巴德輕輕說：「完美的動物，那個模範僕人，還是繼續面無表情地工作。」

阿姆斯壯讚賞地說：「我得說，羅杰斯是個一流的管家！」

布洛爾說：「他老婆的廚藝也沒話講，那頓晚飯，昨天的晚餐……」

三人走進第一間臥室。

五分鐘之後，他們就從房間裡出來了，三人面對面地站在樓梯平台上。房間裡沒有藏身之處。

布洛爾說：「這邊還有個小樓梯。」

阿姆斯壯說：「樓梯通往僕人的房間。」

布洛爾說：「頂樓一定有個地方，放置貯水槽、蓄水池什麼的。上去看看吧，應該很有機會……也是最後一次機會了。」

等到他們都站到那裡時，他們聽到頭頂上傳來一陣聲響，鬼祟的腳步聲。

三人全都聽見了，阿姆斯壯抓住布洛爾的手臂，隆巴德豎起手指警告說：「安靜……你們聽。」

聲音又傳來了。有人躡著手腳走動，就在頭頂上。

阿姆斯壯小聲地說：「他在臥室裡，就是放羅杰斯太太屍體的地方。」

布洛爾小聲地答道：「沒錯！這裡是最好的藏身處！沒有人會到那兒去。大家盡可能不要出聲。」

三人輕手輕腳地上了樓梯。

他們在房間門口停下腳，屏息凝聽。確實有人在房裡，裡面傳出輕微的嘎嘎聲。

布洛爾小聲說：「衝。」

他「砰」的一聲推開門衝進去，阿姆斯壯和隆巴德也跟著追進來。

接著三個人呆立當地。

羅杰斯站在房裡，手上抱著一堆衣服。

§

布洛爾最先反應過來。他說：「對不起……呃，羅杰斯。我們聽見有人在這兒走動，以為，呃……」

他停住了。

羅杰斯說：「很抱歉，各位先生，我正在這兒收拾東西。我想搬到樓下的空客房，你們應該不會反對吧？最小的那一間。」

他看著醫生，阿姆斯壯趕緊回答說：「當然可以，當然可以。你繼續收拾吧。」

阿姆斯壯眼光避開床上蒙著被單的屍體。

羅杰斯說：「謝謝您，先生。」

然後他抱著東西走出房間下樓了。

阿姆斯壯走到床邊，撩起床單，凝視著羅杰斯太太寧靜的面容。那表情再也沒有恐懼，只是一片空茫。

阿姆斯壯說：「真希望我身上帶了器具，我真想知道是什麼藥物。」

然後他又轉身對布洛爾和隆巴德說：「我們趕快完成吧，只不過我確信我們什麼也找不到。」

布洛爾正在拉一個檢修孔的門閂。

他說：「那傢伙走路無聲無息的，幾分鐘之前還看見他在花園裡，我們誰也沒有聽見他上樓。」

隆巴德說：「所以我們才會以為是陌生人在上面走動呀。」

布洛爾鑽進黑洞裡，隆巴德從口袋掏出手電筒也跟了進去。

五分鐘後，三個人站在一塊平台上，大夥面面相視，每個人的身上都沾滿了灰塵和蜘蛛網，臉上表情嚴峻異常。

島上除了他們八個人，再沒別的人了。

╱09

隆巴德緩緩說道：「看來我們錯了，大錯特錯！就為了兩樁巧合的死亡事件，竟憑空構築出一場迷信的奇情夢魘！」

阿姆斯壯嚴肅地說：「可是，他們的死還是很值得懷疑啊。至少，我是醫生，對自殺者多少有些了解，東尼·馬斯頓不是那種會自殺的人。」

隆巴德懷疑地說：「難不成是意外？」

布洛爾不相信地哼了一聲。

「是意外的話，也夠詭異了。」他咕噥道。

三個人沉默了一會兒，布洛爾又說：「那個女人……」話到一半又打住了。

「羅杰斯太太嗎？」

「是的。她會不會也是意外啊？」

隆巴德說：「意外？怎麼說？」

布洛爾有點尷尬，一張紅臉變成醬紅色。他衝口說道：「喂，醫生，你的確給了她一些藥，對吧？」

阿姆斯壯盯著布洛爾。

「藥？你這話什麼意思？」

「昨天晚上，你自己說，你給了她一些東西，讓她好睡覺。」

「噢，那個呀。是的，那只是沒有什麼副作用的鎮靜劑。」

「到底是什麼藥？」

「我給她一點乙基眠。這種藥沒有半點副作用。」

布洛爾的臉更紅了。他說：「嗯，我無意冒犯你，你該不會給她服過量了吧？」

阿姆斯壯生氣了。「我不明白你的意思。」

布洛爾說：「你有可能犯錯啊，不是嗎？這種事偶爾難免會發生。」

阿姆斯壯大聲說道：「我絕不會犯下這種錯誤，你的想法太可笑了。」他停了一下，咬牙冷冷地加上一句：「或者你是在暗示，我故意給了她過量的藥？」

隆巴德趕緊接口說：「喂，你們兩個冷靜點，別再互相譴責了。」

布洛爾突然說：「我只是假設有可能是醫生犯了錯而已。」

阿姆斯壯醫生勉強擠出一絲笑容，皮笑肉不笑地說：「朋友，任何醫生都不會犯下這種錯誤。」

布洛爾表示：「假如留聲機裡的指控是真的，這就不是你第一次犯錯了！」

阿姆斯壯的臉一下子變得雪白。隆巴德生氣地對布洛爾喝道：「你幹嘛這樣含血噴人？大家同在一條船上，應該齊心協力才對啊。你不也被指控做了偽證嗎？」

布洛爾握緊拳頭向前逼近一步，他沉聲說：「去他媽的做偽證！簡直胡說八道！你可以想辦法讓我閉嘴，隆巴德先生，但我對幾件事感到很好奇……其中一件就是你的事！」

隆巴德揚起了眉毛。

「我的事？」

「對，我想知道，為什麼你帶把槍到這麼個社交場合來。」

隆巴德說：「你想知道，是嗎？」

「是的，我想知道，隆巴德先生。」

隆巴德出人意料地說：「你知道嗎，布洛爾，你沒有看起來那麼笨嘛。」

「也許吧。那把槍是怎麼回事？」

隆巴德笑了。

「我帶槍，是因為我料到自己會遇到麻煩。」

布洛爾狐疑地說：「昨晚你可沒告訴我們。」

隆巴德搖搖頭。

「你沒對我們說實話嗎？」布洛爾堅持問道。

「某種程度上，可以這麼說。」

「那好，現在你就全說出來吧。」

隆巴德慢吞吞地說道：「我讓你們大家以為，我和你們一樣是被邀請到這兒來的。其實不然，實際上，我是被一個名叫莫禮斯的小猶太人派來的。他給了我一百英鎊，要我來監視這裡發生的一切……說我以擅長處理危機聞名。」

「然後呢？」布洛爾不耐煩地催道。

隆巴德笑笑說：「就這樣啦。」

阿姆斯壯醫生說：「他應該還有告訴你別的吧？」

「不，沒有了。他的口風很緊。我要嘛接受，否則拉倒……他是這麼對我說的。我手頭正缺錢用，所以就接受了。」

布洛爾一臉不信，他問：「昨晚你為何不說？」

「親愛的老兄啊，」隆巴德聳聳肩膀。「昨晚我怎麼知道事情全然沒有依照我來此地的目的發展？所以我先保持低調，含糊地謅了個說詞。」

阿姆斯壯醫生機警地問：「但是現在……你的想法變了？」

隆巴德的臉色一下變了，顯得嚴肅而沉重。他說：「是的。現在我相信我和大家是患難與共了，那一百英鎊就是歐文先生請君入甕的小小誘餌。」他緩緩說道：「我們都落入圈套了……這點我敢發誓！羅杰斯太太死了！東尼．馬斯頓死了！還有餐桌上消失的小瓷人！是的，歐文先生的魔爪處處可見。但這個魔鬼究竟身棲何處？」

樓下開午飯的鑼聲響了。

§

羅杰斯站在飯廳門邊，三名男士走下樓時，羅杰斯迎上兩步，用低沉而焦慮的聲音說：「希望午飯能讓各位滿意。有冷火腿和冷舌肉，我還煮了些洋芋，另外還有乳酪、餅乾及一些罐頭水果。」

隆巴德說：「聽起來很不錯。現在全靠庫存的食品了？」

「食物還很多，先生，有各種罐頭。貯藏室裡的存貨滿滿，就算和陸地斷絕聯繫，也能撐上好一段時間。」

隆巴德點點頭。

羅杰斯跟著三人走進飯廳，嘴裡咕噥道：「納拉科今天沒來，真讓人擔心。就像你們說的，這太不祥了。」

「是的，」隆巴德說，「『不祥』這兩字用得好。」

布蘭特走進飯廳。她剛掉了一球毛線，這會兒正仔細地重新把線繞回去。

她在桌邊坐下，說道：「變天了。風很猛，海上也捲起大雪浪了。」

沃格夫法官緩步慢移地走了進來。他濃眉下的雙眼飛快地瞥了飯廳裡的人一下，說道：「今天早上各位都沒閒著啊。」語氣有些幸災樂禍。

薇拉上氣不接下氣地跑了進來，氣喘吁吁地急急說道：「但願沒讓各位久等。我來晚了嗎？」

愛蜜莉．布蘭特說：「你不是最後一個，麥卡瑟還沒到呢。」

眾人圍著桌子坐下來。

羅杰斯問布蘭特小姐：「布蘭特小姐，你是要現在開動呢，還是再等一會兒？」

薇拉說：「麥卡瑟將軍還在海邊坐著呢。我想他大概聽不到鑼聲。」她猶豫了一會兒。

「我覺得他今天有點恍惚。」

羅杰斯馬上說：「我下去通知他吃午飯。」

阿姆斯壯醫生跳了起來。

「我去，」他說，「各位先用吧。」

他走出房間時，聽見身後羅杰斯的聲音。「小姐，您要冷火腿還是冷舌肉？」

§

圍坐在餐桌邊的五個人一時間竟然找不到話題。外頭突然颳起一陣冷風，之後又消失了。

薇拉打了個寒顫說：「暴風雨要來了。」

布洛爾獻出應和，他接過話頭聊道：「昨天在火車上，有個從普利茅斯來的老頭一直說暴風雨要來了。這些老水手這麼熟諳天氣，真讓人吃驚。」

羅杰斯繞著桌子收拾肉盤。

突然，拿著盤子的羅杰斯停下手來。

他用怪異而充滿驚恐的聲音說：「有人在跑……」

大家都聽見了……有雙腳沿著露台跑了過來。

剎那間，眾人都明白了……不用說就都明白了。

大家不約而同地站起來，一起盯著門外。

阿姆斯壯醫生上氣不接下氣地出現了。

他說：「麥卡瑟將軍……」

「死了！」薇拉脫口而出。

阿姆斯壯說：「是的，他死了……」

一陣沉默。一陣良久的沉默。

七個人彼此相視，說不出半句話來。

§

將軍的屍體被抬進來時，天空剛好開始下起暴雨。

大家都站在門廳上。

驟雨傾落，一片譁然咆哮。

布洛爾和阿姆斯壯把將軍的屍體抬上樓，這時，薇拉．柯索恩突然轉身走進空無一人的飯廳。

飯廳依舊是眾人離開前的模樣，甜點擺在餐具櫃上，一口都沒動過。

薇拉走到桌子旁。幾分鐘後，羅杰斯輕手輕腳地進來了。看見薇拉時，羅杰斯吃了一驚，眼神裡淨是疑問。

他說：「呃，小姐，我……我只是來看看……」

薇拉大叫起來，聲音之粗啞，連自己都吃了一驚，她說：「你說對了，羅杰斯。你自己看看，只剩下七個了……」

§

麥卡瑟將軍靜靜地躺在床上。

阿姆斯壯做完最後的檢查後，離開房間走下樓梯。他發現大家都聚在客廳裡。

布蘭特小姐在編織。薇拉站在窗邊看著外頭嘶嘯的雨柱發呆。布洛爾把手放在膝蓋上，端坐在椅子裡。隆巴德則煩躁地在房裡走來走去。沃格夫坐在遠處角落的安樂椅上，眼睛半閉著。

醫生走進來時，沃格夫睜開眼睛清晰有力地問道：「怎麼樣，醫生？」

阿姆斯壯臉色慘白地說：「不是心臟衰竭的問題。麥卡瑟是被護身手杖之類的東西擊中後腦的。」

房裡一陣騷動。法官清亮的聲音再次響起。

「你找到凶器了嗎？」

「沒有。」

「但是你相信你的判斷？」

「我相當確定。」

沃格夫先生平靜地說：「現在我們都很清楚自己的處境了。」

此刻是誰在控制大局已是顯而易見。沃格夫上午一直縮坐在露台上冷眼旁觀眾人的活動。現在他挺身而出，因為長期的法官生涯令他最具威儀。

沃格夫一副開庭審判的架式，他清清嗓子，再次發話。

「各位先生，今天上午我一直坐在露台上觀察你們的行動。毫無疑問，各位的目的是想在島上搜尋那位不知名的凶手吧？」

「是的，先生。」隆巴德答道。

法官繼續說：「看來，你們和我做了相同的結論。亦即馬斯頓和羅杰斯太太之死，既非意外，更非自殺。你們一定也推演出歐文先生計誘大家到這兒來的目的囉？」

布洛爾啞著嗓子說：「他是個瘋子！神經病！」

法官咳了一下。

「這點是可以肯定的，但這種結論解決不了問題。我們的當務之急是……設法自救。」

阿姆斯壯顫聲說：「這個島上沒有其他人了，我告訴你，沒有了！」

法官撫挲著下巴。

他溫和地說：「你說得對，是沒有其他人。今天一早我就得出這個結論了，我本想叫你們別白費工夫搜尋，但不論如何，我還是強烈地認為『歐文先生』（就用他自己取的名字吧）就在這個島上，我非常肯定！歐文先生若真想替天行道懲治某些逍遙法外的罪犯，他只有一個辦法能夠做到……他只能親自來到戰士島，此外別無他途。

「顯然，歐文先生就是我們其中的一個人……」

§

「噢，不，不，不……」

薇拉忍不住喊了出來，幾近於哀鳴。法官轉身尖銳地瞪了她一眼。

他說：「親愛的小姐，沒有時間去逃避眼前的事實了，我們都處在死亡的邊緣。U．N．歐文就在我們其間，只是我們不知道是哪一位而已。到島上來的十個人當中，已有三個人被清除掉了，那就是東尼．馬斯頓、羅杰斯太太和麥卡瑟將軍。他們已經沒有嫌疑了。我們還剩下七個人。我認為這七人之中，有一個人是——容我這般形容——偽裝的小戰士。」

他停下來環視眾人。

「各位同意我的看法嗎？」

阿姆斯壯說：「令人難以置信……不過我想你說得對。」

布洛爾說：「我一點都不懷疑。如果你問我意見，我倒是有個主意……」

賈士帝．沃格夫迅速用手勢制止他，然後平靜地說：「那點我們待會兒再談。現在我只希望大家能面對事實，取得一致的共識。」

仍在打毛線的布蘭特小姐說：「你的推論聽起來很合理，我同意我們中間有人被魔鬼附身了。」

薇拉喃喃地說：「我不信……我不……」

沃格夫問：「隆巴德，你呢？」

「我同意你的看法，先生，完全同意。」

法官滿意地點點頭。

他說：「我們先來檢視各種證據吧。首先，誰有特殊理由懷疑某位特定人選嗎？布洛爾先生，我想，你好像有話要說。」

布洛爾重重地噓了口氣說：「隆巴德帶了一把槍。昨天晚上他沒說實話，這點他自己也承認了。」

隆巴德輕蔑地笑了笑。

他說：「我最好還是再解釋一遍吧。」

他簡要俐落地把事情又說了一遍。

布洛爾高聲說：「你有什麼證明？沒有任何東西能證實你說的話呀。」

法官咳了一聲說：「可惜的是，大家都面臨同樣的問題……我們只有自己的話能夠當證據。」

他往前探探身子，說道：「你們都還沒搞清楚這個特殊狀況。依我看，只能採取一個辦法了。大家想想，就我們所知的線索中，有沒有人能夠排除嫌疑？」

阿姆斯壯馬上接口道：「我是一位專業的名醫，一絲絲懷疑我的……」

他話還沒說完，法官便再次以手勢制止他，說道：「我也是個名人！但是，親愛的先生，這證明不了什麼！發瘋的醫生大有人在，法官也是。」他看了一眼布洛爾。「還有警察！」

隆巴德說：「我想，至少你會把女士們排除在外吧。」

法官抬著眉，用那聞名於辯護律師之間的酸溜語氣說道：「你的意思是說，你認為女人不可能是殺人狂？」

隆巴德生氣地說：「當然不是。可是現在看來幾乎不可能嘛……」

他停住不說了，沃格夫先生依然用那種酸溜溜的口吻問阿姆斯壯。「阿姆斯壯醫生，我想就算女人，還是有能力用棒子擊斃可憐的麥卡瑟吧？」

醫生冷靜地說：「絕對可以……如果用橡皮棒或大頭棍之類的工具的話。」

「不需要費很大力氣吧？」

「完全不需要。」

沃格夫先生扭扭他龜似的脖子說：「另外兩個人是中毒身亡的。那種事連力氣最小的人也辦得到。我這麼說，應該不會有人提出異議吧。」

薇拉生氣地喊道：「你真是瘋了！」

沃格夫的眼神慢慢落到薇拉身上。那是一種冷若冰霜的目光，透出他對人性懷抱持疑的態度。

薇拉心想：「他好像把我當成……當成標本在看，而且……」她驚訝地發現。「他很不喜歡我！」

法官字斟句酌地說：「親愛的小女孩，請設法控制你的情緒。我可不是在罵你啊。」他又對布蘭特小姐點頭說：「布蘭特小姐，希望你不會因為我堅持大家都一樣具有嫌疑而感到生氣。」

布蘭特頭也不抬地織著毛線，她冷冷地說：「任何認識我的人若是聽到我被控殺人——

更甭提是三個人了——都會覺得十分荒唐可笑。不過我可以了解，基於我們彼此素昧平生，所以，任何人都不能在沒有充分根據的情況下躲避審問。我說過，殺人魔就在我們中間。」

法官說：「這麼說，大家都同意，誰都不能因為名望或地位而被排除在外囉？」

隆巴德說：「那羅杰斯呢？」

法官眼也不眨地盯著隆巴德。

「羅杰斯怎麼了？」

隆巴德說：「噢，依我看，羅杰斯最應該被排除在外。」

沃格夫說：「是嗎？為什麼？」

隆巴德說：「首先，他沒什麼腦子。其次，他的妻子是受害者之一。」

法官又抬起了眉毛。他說：「年輕人，在我的法官生涯中，碰過多起丈夫被控殺妻的案件，後來都被證實有罪。」

「噢！我同意丈夫謀殺妻子是有可能發生的……而且可以說，是滿自然的！但不會是羅杰斯這種人！我可以相信羅杰斯會因為害怕老婆洩密而殺死她，或是因討厭她、喜新厭舊而動手殺妻。不過我不相信羅杰斯會是那個替天行道的瘋子歐文，而且還對和他同謀的妻子下毒手。」

沃格夫表示：「你把傳聞當成證據了。我們並不知道羅杰斯和他妻子有沒有謀害他們的女主人。這很可能是個謊言，好讓羅杰斯和我們有著相同的處境，昨晚羅杰斯太太會如此驚惶，也可能是因為她覺得自己的先生精神有些失常。」

隆巴德說：「好吧，隨你怎麼說。歐文就是我們其中一人。人人都得接受審查，沒人能例外。」

沃格夫說：「我要說的是，不可因性格、地位或可能性，而將某些人排除在外。我們必須依據事實來排除某些人做案的可能。簡單地說，就是我們中間是否有一人或數人，不可能在東尼·馬斯頓的杯子裡下藥，或讓羅杰斯太太服用過量的安眠藥，而又有誰並沒有機會打死麥卡瑟？」

布洛爾原本沉悶的表情一亮，往前探探身子。

「說到這點啊，先生，」他說，「問題就在這兒！我們來分析一下。關於馬斯頓的死，我覺得已經再明白不過了，先前有人認為，馬斯頓最後一次倒酒前，有人從窗外把氰化鉀放進他的杯子裡。實際上，房裡的人更容易下手。我不記得羅杰斯當時是否在房內，但當時在場的人都有可能下毒。」

他停了一下，才繼續說道：「現在再說羅杰斯太太。最有嫌疑的是她先生和醫生，這兩個人要下手簡直易如反掌……」

阿姆斯壯跳起來，氣到渾身發抖。

「我抗議……這簡直是無稽之至！我發誓我給羅杰斯太太服用的劑量完全……」

「阿姆斯壯醫生。」

那微小尖酸的聲音威嚴十足，醫生硬生生將話打住。那股冷酷的聲音繼續輕輕說道：「你的憤怒很可以理解，然而你無法否認我們必須面對事實。你或羅杰斯都可以輕而易舉地給羅杰斯太太服用足以致命的藥劑。我們先來分析一下在場其他人士的情形吧。我、布洛爾警官、布蘭特小姐、柯索恩小姐、隆巴德先生，我們有下毒藥的機會嗎？我們當中有人能完全排除嫌疑嗎？」他頓了一下。「我看沒有。」

薇拉憤憤地說：「我根本就沒接近過那個女人！這點你們都可以作證。」

沃格夫先生等了一會兒，才說：「我記得事情是這樣的……我若說錯了，有人願意指正我嗎？羅杰斯太太被馬斯頓和隆巴德抬到沙發上，阿姆斯壯醫生走到她身邊，醫生又派羅杰斯去取白蘭地。這時有人問我們剛才聽到的聲音是從哪兒傳來的？然後大家都進了隔壁房間，只有布蘭特小姐沒動。她留在這個房裡……和昏迷不醒的羅杰斯太太獨處。」

布蘭特小姐的臉脹得通紅。她放下織針說：「太過分了！」

沃格夫繼續不為所動地說：「我們回到房間的時候，你，布蘭特小姐，正俯身觀察羅杰斯太太。」

愛蜜莉．布蘭特說：「難道表現人性也犯了罪嗎？」

沃格夫說道：「我只是在陳述事實而已。接著羅杰斯拿著白蘭地進來了。當然，他可以趁進房間之前把藥放進酒裡。羅杰斯太太喝了白蘭地，一會兒後，羅杰斯和阿姆斯壯便扶她回臥室，醫生則給她服了安眠藥。」

布洛爾叫道：「就是這樣，一點也沒錯。這麼一來，法官、隆巴德、我和柯索恩小姐就沒有嫌疑了。」他高聲歡呼道。

沃格夫冷冷地掃了他一眼，低聲說：「哦，是嗎？我們必須把所有可能發生的事情考慮在內。」

布洛爾盯著法官說：「我不懂你的意思。」

沃格夫說道：「羅杰斯太太靜靜地躺在臥室裡。這時醫生給她服用的鎮靜劑開始產生作用，她昏昏欲睡而且失去反抗意識。假如這時候有人推門進來，拿著……就說是藥片或藥水，對她指示說：『醫生要你把這個吃了。』各位想像一下，她會不乖乖地不假思索吞下去嗎？」

一時間無人說話。布洛爾不滿地換腳交叉、挪挪身子。

隆巴德說：「你的說法我一點也不信。更何況後來的幾個小時，我們都沒有人離開過客廳，因為馬斯頓死了或什麼的。」

法官說：「也許稍晚的時候，有人離開了自己的臥室。」

隆巴德反駁道：「可是羅杰斯一直在樓上房間啊。」

阿姆斯壯有些激動地說：「不對，羅杰斯跑到樓下清理飯廳和餐具室了。任何人都有可能暗自摸到樓上羅杰斯太太的臥室去。」

愛蜜莉．布蘭特問道：「醫生，在你給她的藥產生作用後，她應該很快就會睡熟了吧？」

「是的，很有可能，但也不一定。除非你給病人開過一次以上的藥方，否則醫生很難判斷病人對不同藥物的反應。有時安眠藥必須經過一段時間後才能生效，這得視病人的體質對特定藥物的反應而定。」

隆巴德說：「你當然會這麼說了，醫生。這對你有利，對吧？」

阿姆斯壯氣得臉都綠了。

是那股冷靜異常的聲音，令他再度將到了嘴邊的話又吞回去。

「互相指責是得不出結果的，我們必須面對各項事實。我想，我剛才所說的事雖有可能發生，但我同意它的可能性並不是非常大，同樣的，這端視那人是誰而定。如果進去的人是布蘭特或柯索恩小姐，那麼病人是不會起疑的。如果是我、布洛爾或隆巴德進去，起碼感覺就是不對勁。不過我還是覺得，無論誰去造訪，都不會讓羅杰斯太太起任何疑心。」

布洛爾問：「所以我們的結論是什麼？」

§

沃格夫先生撫著嘴唇，面無表情地看著大家說：「我們剛剛討論了第二樁殺人案。事實證明，我們中間沒有一個人能完全擺脫嫌疑。」

他停了一下又說：「現在我們來分析麥卡瑟將軍之死。此事發生於今天上午。在座自認能提出不在場證明的先生女士，我要求你們踴躍發言。我可以率先表明，我自己就拿不出確切的不在場證明，因為整個上午我都坐在露台上思索我們目前的處境。

「我在那邊坐了一整個早上，直到開飯的鑼聲響起才離開。但是我知道，早上有些時段並沒有人看到我，我有可能趁這段時間跑到海邊殺了將軍，然後又回來坐到椅子上。我說我沒有離開過露台，僅是我的片面之詞而已，在目前這種情況下並不足以採信，要有『證據』才行。」

布洛爾說：「整個上午我都和隆巴德先生、阿姆斯壯醫生在一起。他們可以為我作證。」

阿姆斯壯說：「你曾經回別墅拿繩子。」

布洛爾說：「沒錯，我是。但我直接去直接回，這點你也知道。」

阿姆斯壯說：「你去了很長一段時間……」

布洛爾臉色唰地飛紅。他說：「你他媽的到底是什麼意思，阿姆斯壯醫生？」

阿姆斯壯說：「我只說你離開了一段挺長的時間而已。」
「我總得花點時間找繩子吧？難不成繩子會自己飛到我手上？」
沃格夫問道：「布洛爾警官不在時，你們兩人都在一起嗎？」
阿姆斯壯激動地說：「當然了。不過隆巴德離開了幾分鐘，我則留在原地。」
隆巴德笑著說：「我想試試能不能用反射日光的方式給陸地打信號，因此想找個最合適的位置，我只離開了一兩分鐘。」
阿姆斯壯點點頭說：「沒錯，那麼短的時間來不及殺人，這點我可以擔保。」
法官問：「你們兩個誰看過錶了嗎？」
「噢，沒有。」
隆巴德說：「我沒戴錶。」
法官平靜地說：「一兩分鐘的說法太含糊了。」
他把頭轉向坐姿挺直、腿上放著織物的布蘭特小姐。
「布蘭特小姐，你呢？」
愛蜜莉．布蘭特說道：「我先是和柯索恩小姐在山頂散了一會兒步，後來就一直坐在露台上曬太陽了。」
法官說：「我好像沒看見你在露台上啊。」

「是的。我坐在房子東面的拐角處，那裡才能遮風。」

「你在那裡一直坐到吃午飯嗎？」

「是的。」

「柯索恩小姐呢？」

薇拉又快又清楚地說：「一開始我和布蘭特小姐在一起，之後我自己亂逛了一會兒，然後到海邊和麥卡瑟將軍談了幾句話。」

沃格夫先生打斷薇拉，問道：「那是什麼時候的事？」

薇拉第一次語焉不詳地說：「我不知道。大約是午飯前一小時吧，我想……也可能不到一小時。」

布洛爾問：「是在我們和他談話之前，還是談話之後？」

薇拉說：「不知道。他……他很古怪。」

薇拉打了一下哆嗦。

「怎麼個古怪法？」法官想知道。

薇拉低聲說：「他說我們大家都會死……還說他正在等待結局。他……他真的把我嚇壞了……」

法官點點頭，又問：「接下來你做什麼去了？」

「我回到別墅。然後，就是午飯前吧，我又跑出去，到別墅後面的山上，我一整天都很坐立不安。」

沃格夫先生摸摸下巴說：「就剩下羅杰斯了。儘管我懷疑他的說法能夠為我們增加什麼線索。」

羅杰斯被傳喚上庭了，但他也說不出什麼。他一上午都在忙著做家務、準備午飯。午飯前他把雞尾酒端到露台，然後上去閣樓收拾自己的東西，以便搬進另一個房間。一整個早上他都沒往窗外望一眼，所以任何可能和麥卡瑟之死有關的情形他都沒瞧見。他還對天發誓說，他在擺設午餐時，餐桌上的瓷人還有八個。

羅杰斯說完後，房裡一片沉寂。

沃格夫清了清喉嚨。

隆巴德小聲對薇拉說：「法官要做總結了。」

老法官說：「我們已經盡最大努力來調查這三起命案。雖然有些情況對我們某些人不利，但我們仍無法確定他指陳的任何一人已從嫌疑名單上除名。我再次重申我堅定的看法：聚集在這房裡的七個人中，有一位極具危險性，而且可能是一位瘋狂的凶手。至於該人是誰，證據還未浮現出來。目前我們能做的，就是想想看我們有什麼辦法能與陸地取得聯繫，尋求他們的協助，以及若未能及時獲得援助（依目前天氣看來，這很有可能），我們得採取何種辦法保護自身安全。

「我要請大家仔細考慮這些問題，並將想到的建議告訴我。在此同時，我想奉勸各位先生女士提高警覺。到目前為止，凶手之所以屢屢得逞，就是因為被害者毫無防備之心。從現在起，我們的首要之務就是懷疑每一個人，防患於未然。大家切記提高警覺，不要冒險。我的話就說到這兒了。」

隆巴德壓低嗓子說：「休庭……」

／10

「你相信嗎？」薇拉問隆巴德。

她和隆巴德坐在客廳的窗台上。窗外大雨如注，狂風將窗玻璃拍得簌簌作響。

隆巴德微側著頭，想了一下問：「你是說，我相不相信老法官的話……說凶手是我們其中的一個人？」

「對。」

隆巴德緩緩說道：「很難講。你知道，從邏輯上而言，他說得很對。可是……」

薇拉搶先說了出來。「可是令人難以置信！」

隆巴德扮了個鬼臉。

「從頭到尾都令人難以置信！但是麥卡瑟死了以後，這件事就沒什麼可懷疑的了。現在已不用揣測那是意外或自殺，它就是確鑿無疑的謀殺。迄今為止的三件命案都是如此。」

薇拉發著顫說：「簡直像一場噩夢。我一直覺得這種事不可能發生！」

隆巴德深有同感地說：「我知道。希望待會兒會有人敲門，把早茶送進來，將我們喚醒。」

「啊，我真希望能夠如此！」

隆巴德嚴肅地說：「是的，但這是不可能了。我們大家全陷在這場噩夢裡！從現在起，我們再也不能掉以輕心了。」

薇拉壓低聲音問：「如果……如果凶手是其他那些人中的一個，你覺得會是誰呀？」

隆巴德突然笑了。他說：「你把我們倆排除在外了？嗯，也好。我很清楚凶手不是我，而我看你也沒有什麼不正常的地方，薇拉，你是我見過最明智、最冷靜的女孩。我可以拿我的名譽保證你的神智很正常。」

薇拉苦笑一下說：「謝啦。」

隆巴德說：「好啦，薇拉．柯索恩小姐，我那麼大力稱讚你，你不想回敬一下嗎？」

薇拉猶豫了一下，才說：「你知道嗎，儘管你自承不是正人君子，但我還是可以看出你不是……不是那個錄製唱片的人。」

隆巴德說：「沒錯。我若想幹掉一個人或一些人，一定是為了什麼利益。這種集體謀殺不合我胃口。好了，我們兩個就先自行除名，專心去想我們那五名被告吧。他們中間哪一個是歐文？嗯，要是純粹亂猜、不講求證據的話，我會投沃格夫一票！」

「啊！」薇拉驚奇地叫起來。她想了一會兒，問道：「為什麼？」

「很難說得清楚。首先，他是一個老傢伙，主持法庭審判多年。也就是說，每年有好幾個月都在扮演全能上帝的角色。這一定會影響一個人，由於他掌握了人們的生殺大權，便自視無所不能……說不定一個失神，便想進一步扮起執行正法的上帝使者。」

薇拉緩聲說：「是的，我想是有這種可能……」

隆巴德問：「你會投給誰？」

薇拉毫不猶豫地回答：「阿姆斯壯醫生。」

隆巴德吹了聲口哨。

「醫生啊？知道嗎，我會把他排在最後一名。」

薇拉搖搖頭。

「啊，不。兩位死者都是中毒身亡，這都把箭頭指向了醫生。另外，你可別忽略這件事實……我們目前唯一能夠完全確定的事，就是羅杰斯太太吃了他給的安眠藥。」

隆巴德說：「是的，這倒是真的。」

薇拉接著說：「如果一個醫生精神失常，人們一定是很久以後才會開始起疑。醫生常常操勞過度，壓力又極大。」

隆巴德說：「是的，但是我看不出他有機會殺害麥卡瑟。我離開他的時間很短，他不可能有時間做案。除非他可以飛奔下去再飛奔回來，但我不相信他鍛鍊得這麼好，而且可以不露一點痕跡。」

薇拉說：「他不是在當時下手的，後來他還是有機會。」

「什麼時候？」

「他下去叫麥卡瑟吃飯時。」

菲利普又輕聲吹了記口哨說：「所以你認為他是那個時候幹的？這倒很有意思。」

薇拉不耐煩地說：「他有什麼風險？他是這裡唯一懂醫學的，他大可說麥卡瑟死亡至少一個小時以上了，誰又能反駁他？」

菲利普意味深長地看著薇拉。

「知道嗎，」他說，「你的觀點非常犀利。我猜……」

§

「到底是誰，布洛爾先生？我想知道。是誰呢？」

羅杰斯的面孔不停地抽搐，手緊握著掌中那油亮的皮革。

前警官布洛爾說：「啊，老兄，問題就在這裡啊！」

「法官說是我們中間的一個，到底是哪一個？我真想知道。誰是披著人皮的惡魔？」

「這是我們大家都想知道的。」布洛爾說。

羅杰斯機警地說：「可是你已經看出眉目了，布洛爾先生。你看出來了，不是嗎？」

「我是看出了一點端倪，」布洛爾慢吞吞地說，「但現在還不足以下定論，也許我看錯了。我只能告訴你，如果我沒看錯，這個人是一個非常冷酷的傢伙……非常冷酷。」

羅杰斯擦擦額上的汗，啞聲說：「真像一場噩夢，它真的是。」

布洛爾用探詢的目光盯著羅杰斯問：「你自己怎麼看？」

管家搖搖頭粗聲說：「我不知道，我完全沒有頭緒，因此我才會嚇得這麼不知所措，竟然一點頭緒都沒有……」

§

阿姆斯壯醫生激烈地說：「我們必須離開這裡！非走不可，一定得離開才行！不管付出什麼代價！」

沃格夫若有所思地看著這吸菸室的窗子，手裡把玩著眼鏡的吊鍊說：「我不是天氣預報專家，但我覺得沒有船會來接我們，即使他們知道我們的處境。二十四小時內不會有船來，而且還得等風停了才行。」

阿姆斯壯醫生手捂著臉哀吟說：「這段時間內，我們都有可能死在自己的床上。」

「但願不會。」沃格夫先生說，「我會採取各種可能的防範措施，阻止這類事情發生。」

阿姆斯壯腦子裡閃過一個念頭。像法官這樣的老人，生命力往往比年輕人還要堅韌。在他的職業生涯中，他經常對這種現象驚奇不已。像他自己，年紀比法官年輕二十多歲，自保的意念卻遠遠不及這位老者。

賈士帝・沃格夫心想：「死在床上！這些醫生都一個樣，想的都是老套，簡直是迂腐透頂。」

醫生說：「別忘了，這裡已經死了三個人。」

「當然。不過，你別忘了，他們都是在毫無防備的情形下慘遭謀害。而現在我們都已經存有戒心了。」

阿姆斯壯苦澀地說：「我們又能做什麼呢？遲早……」

「我想，」沃格夫法官說，「我們可以做幾件事。」

阿姆斯壯說：「我們連可能是誰都不知道……」

法官摸摸下巴，低聲說：「嗯，你知道，我倒不會那樣說。」

阿姆斯壯目不轉睛地盯著他。

「你是說，你知道是誰？」

沃格夫先生小心翼翼地說：「在法庭上是講究證據的。說到證據，我承認我沒有確切的實證。不過回想一下整件事的經過，在我看來，有個人已經露出馬腳了。對，我覺得是這樣。」

阿姆斯壯仍舊目不轉睛地盯著他，說道：「我不明白。」

§

布蘭特小姐回到樓上臥室。

她取出《聖經》，走到窗邊坐下。

她打開《聖經》，猶豫了一分鐘，又把它放到一邊，走到梳妝台，從抽屜裡取出一個黑色封面的小本子。

她翻開本子開始寫道：「發生了一件駭人的事。麥卡瑟將軍死了（他的堂哥娶了艾西·麥克弗森）。毫無疑問，他是被謀殺的，午餐後法官發表了一番有趣的談話。他認定凶手是我們其中一人，也就是說，我們中間有個人被惡魔附體了。這我早就起疑了。但究竟是哪一個人呢？大家都在自問。只有我知道……」

她動也不動地坐了一會兒，眼神呆滯迷濛，筆從她的指縫間漸漸滑落。過了一會兒，她又顫著手歪歪扭扭寫了幾個大寫字母：「凶手的名字叫貝翠絲．泰勒……」

布蘭特小姐閉上眼睛。

突然間她驚醒了，低頭看著筆記本，不禁怒吼一聲，奮力將最後一行模糊潦草的字跡畫掉。

她低聲說：「這是我寫的嗎？我寫的嗎？我一定是瘋了……」

§

暴雨愈來愈烈，狂風猛襲著別墅周身。

大家都在客廳裡，表面看來無精打采地坐在一起，然而實際上卻都在不露聲色地相互觀察著。

羅杰斯端著托盤進來時，大家全都跳了起來。羅杰斯說：「我把窗簾拉上好嗎？那樣會有生氣些。」

見眾人沒有異議，羅杰斯拉上窗簾，將燈打開。房間裡頓時有了幾絲溫馨的氣氛，大家心頭的陰霾也彷彿消散了一些。是的，暴風雨明天一定會過去，有人會過來，汽船將準時抵達……

薇拉問道：「能不能麻煩你倒個茶，布蘭特小姐？」

老婦人答說：「不，你自己倒吧，親愛的。那個茶壺太重了。我弄丟了兩團灰毛線，真煩人。」

薇拉走到茶桌旁邊，一陣悅耳的杯盤撞擊聲音響起，這時候，客廳裡的氣氛終於恢復正常了。

午茶！這是一次尋常至極的日常午茶！隆巴德高談闊論，布洛爾低聲回應。阿姆斯壯醫生說了個幽默的故事，就連平日討厭喝茶的沃格夫法官也滿意地喝了幾杯。

就在這一派輕鬆之際，羅杰斯進來了。

他看來心煩意亂，緊張失措地說：「對不起，先生，有誰知道浴室的簾子究竟是怎麼回事？」

隆巴德抬了一下頭。

「浴室的簾子？你到底在說什麼啊，羅杰斯？」

「簾子不見了，先生，完全不見蹤影。我本打算把所有的簾子都拉上，可是廁……浴室的那個卻不見了。」

沃格夫法官問道：「今天早上還在嗎？」

「在的，先生。」

布洛爾問：「什麼樣的簾子？」

「深紅色的油絲布，為了搭配浴室的紅瓷磚。」

隆巴德問：「它現在不見了？」

「是的，先生。」

眾人面面相覷。

布洛爾沉重地說：「唉，管他的，有什麼關係呢？這事是詭異，但每件事不都是這樣？其實也沒關係啦，反正沒人能用紅簾子殺人。別在意吧。」

羅杰斯說：「是，先生，謝謝你，先生。」

他走出客廳將門關上。

房間裡重新漫起沉重的恐怖氣氛。

人們又開始偷偷地相互忌憚起來。

§

晚飯送來了，眾人吃過又都收拾乾淨了。這是一頓簡單的晚餐，多半是罐頭食品。

飯後的客廳中，氣氛凝重到令人喘不過氣。

九點整，布蘭特小姐站起來了。

她說：「我要去睡了。」

薇拉表示：「我也是。」

隆巴德和布洛爾陪著兩位女士上樓。他們站在樓梯口，目送兩位小姐各自進入自己的臥室，關上房門，同時聽見了閂門、轉動鑰匙的聲音。

布洛爾笑著說：「好像沒必要提醒她們鎖門了。」

隆巴德說：「是啊，今晚她們一定會平安無事！」

說完他又轉身走下樓梯，布洛爾尾隨而去。

§

四位男士一小時後才就寢，他們一同上樓。正在飯廳打點明日早餐的羅杰斯看著他們一起上樓，聽見他們在樓梯平台停了下來。

法官說：「各位先生，我應該不用叮嚀你們要記得鎖門吧。」

布洛爾說：「最好再拿一把椅子放在手把下頂住門，因為有很多辦法可以從外面把鎖弄開。」

隆巴德低聲說：「親愛的布洛爾，你的問題就是知道得太多了！」

法官嚴肅地說：「晚安，各位。願我們明早都能平安相見！」

羅杰斯走出飯廳，悄悄爬到樓梯中間。他看見四個人分別走進自己的臥房，並聽見四把鎖轉動、上門的聲音。

羅杰斯滿意地點點頭。

「很好。」他低聲咕噥說。

羅杰斯走回飯廳。是的，明早的一切都已準備妥當了。他的視線流連在一面鏡子的中央飾板和那七個小瓷人身上。

他臉上突然掠過一絲微笑。

羅杰斯喃喃道：「看來今晚無論如何不會再有人搞鬼了。」

他穿過飯廳，鎖上通往餐具室的門，然後穿越另一扇門走到門廳，拉好門，上鎖，把鑰匙放進口袋裡。

接著羅杰斯關上燈，三兩步地上了樓，來到自己的新臥房。

這間臥室裡只有一個可以藏身的地方，就是那個高高的衣櫃。羅杰斯一進房間便往裡頭瞧，然後他將房門鎖好門牢，準備就寢。

他自言自語地說：「今晚不會再有人玩那套瓷人的把戲吧，我都檢查過了……」

11

菲利普．隆巴德習慣在破曉時分醒來，今天這個特別的早晨亦不例外。他用手肘撐起身體，側耳傾聽。風力多少有點減弱了，但依然強勁。他聽不到雨聲⋯⋯

八點時，風颳得更凶了，但隆巴德聽不見，因為他又睡著了。

九點半的時候，他坐在床沿看著自己的錶。他將手錶貼近耳朵，接著他一咧嘴，露出那副莫測高深的招牌淺笑。

他輕聲說道：「該是採取行動的時候了。」

九點三十五分，隆巴德敲著隔壁布洛爾緊閉的房門。

布洛爾小心翼翼地拉開門。他的頭髮蓬亂，睡眼惺忪。

隆巴德親切地問道：「睡了一整夜呀？嗯，那表示你沒有良心不安嘛。」

布洛爾直截了當地問：「幹嘛？」

隆巴德答道：「有沒有人叫你，或幫你送茶？你知道現在幾點了嗎？」

布洛爾回頭望望放在床邊的小旅行鐘。

他說：「九點三十五分。真不敢相信我會睡得那麼沉。羅杰斯呢？」

隆巴德說：「我剛不是才問過你嗎？」

「你這話什麼意思？」布洛爾立刻問道。

隆巴德說：「我的意思是，羅杰斯失蹤了。他不在自己房裡或其他地方。而且爐子上沒擱水壺，連廚房的火都沒生。」

布洛爾低聲罵道：「這混蛋跑哪去了？在島上某個地方玩嗎？等我穿個衣服，我們去看看別人知不知情。」

隆巴德點點頭，然後沿著一扇扇緊閉的房門走去。

他發現阿姆斯壯已經起來，而且快穿妥衣服了。沃格夫先生和布洛爾一樣是被喚醒的。薇拉也已穿戴整齊，布蘭特的房間空無一人。

這一小群人穿過房子。正如隆巴德所發現的，羅杰斯的房間早已人去樓空，床上有人睡過，而且他的刮鬍刀、海綿及肥皂都還是溼的。

隆巴德說：「他的確起床了。」

薇拉為求心安地低聲說：「你想，他會不會是藏在某個地方……等我們呀？」

隆巴德說：「親愛的，我早就對每個人做最壞的打算了！我建議在找到羅杰斯之前，大家都待在一起，別落單。」

阿姆斯壯說：「羅杰斯一定在島上某處。」

穿妥衣服加入眾人的布洛爾，還頂著一臉的鬍碴子，他說：「布蘭特小姐到哪去了……又發現一件祕密啦？」

不過當眾人來到門廳時，愛蜜莉·布蘭特從前門進來了，她身上披著雨衣。她說：「海水漲得好高啊，我覺得今天不會有船出海。」

布洛爾說：「布蘭特小姐，你就一個人在島上亂跑嗎？你曉不曉得這麼做非常不智？」

布蘭特說：「布洛爾先生，我向你保證，我一直都很警覺。」

布洛爾咕噥了一下，問道：「你有沒有看見羅杰斯？」

布蘭特小姐眉毛揚了起來。

「羅杰斯？沒有，我今早還沒看見他。怎麼啦？」

賈士帝·沃格夫先生刮完了鬍子，穿好衣服，套妥假牙，從樓上走了下來。他走到敞開的飯廳門口說：「嘿，桌子都擺好了嘛，我看。」

隆巴德說：「也許羅杰斯昨晚就擺好了。」

眾人進入飯廳探看。盤子和刀叉均已排放整齊，餐具櫃上擺著一排酒杯，襯墊也都放好了，準備擺咖啡壺。

薇拉是第一個發現的，她的手指奮力抓住法官的手臂，疼得老人家縮了一下。

薇拉喊道：「你們看！小瓷人！」

餐桌當中只放了六個瓷人。

§

不久他們便發現羅杰斯了。

他們是在院子另一頭的小洗衣間裡找到的。羅杰斯當時正在砍柴，準備到廚房生火。他手中仍握著那把小斧頭，另一把較大較沉的斧頭則靠在門上……斧片上沾著一層暗褐，它與羅杰斯後腦上那道深黑的傷口恰恰吻合……

§

「很明顯，」阿姆斯壯說，「凶手一定是悄悄走到他身後，趁他彎腰之際，舉起斧頭朝他的頭顱砍下去。」

布洛爾忙著研究斧柄和廚房裡的麵粉篩。

沃格夫問道：「醫生，這需要很大力氣嗎？」

阿姆斯壯鄭重地表示：「女人也能辦得到，如果你是想知道這點的話。」他掃了大家一眼。薇拉．柯索恩和愛蜜莉．布蘭特已經退回廚房。「只要是健壯一點的女孩，便可以輕易下手。布蘭特小姐表面看來弱不禁風，但這類型的女人往往極具韌勁和蠻力。而且別忘了，神經失常的人往往力大如牛。」

法官凝重地點了點頭。

布洛爾嘆口氣站起來說：「沒有指紋，兇手事後把斧柄擦乾淨了。」

一陣笑聲傳來，眾人火速轉過身，薇拉．柯索恩正站在院子裡，身子搖晃，放聲尖喊，同時爆出一串淒厲的笑聲。

「他們在這島上養蜂嗎？告訴我呀，我們去哪兒拿蜂蜜？哈！哈！」

大家莫名其妙地盯著她看，好像這位精神正常、舉止合宜的女孩一下子在他們面前瘋掉了一樣。

她繼續用異常的尖聲叫道：「別這樣盯著我！你們覺得我瘋了嗎？我很清楚自己在說什麼。蜂，蜂箱，蜜蜂呀！哦，你們沒聽懂嗎？沒讀過那首愚蠢的童謠嗎？你們的臥房裡不都有框著嗎？那是放在那兒讓你們去唸的呀！如果我們悟出點門道，早就直奔這兒來了。『七個小小戰士砍樹枝。』還有下一行。告訴你們，整首詩我都背起來了！『六個小小戰士玩蜂箱。』我問的就是這個……他們在島上養蜂嗎？這不是很好笑？這不是太他媽的好笑了嗎……」

她再度狂笑起來。阿姆斯壯醫生跨上前去，抬起手甩了她一巴掌。

薇拉驚喘一聲，打了個嗝，然後嚥下口水。她動也不動地站了一分鐘，才說：「謝謝你……我現在沒事了。」

她的聲音又變得鎮定如常，恢復了一個體育老師的幹練。

薇拉轉過身，越過院子進入廚房，並說：「我和布蘭特小姐一道幫各位做早飯。你們能拿薪柴生火嗎？」

她臉上還紅紅地印著醫生的巴掌。

當她進廚房時，布洛爾說：「醫生，你剛才處理得真好。」

阿姆斯壯歉然地表示：「我是情非得已啊！大難當頭之際，哪還有空應付這種歇斯底里的事。」

隆巴德說：「她並不是那種歇斯底里的人。」

阿姆斯壯同意道：「哦，對。這女孩很明理，只是突然受到驚嚇罷了。任何人都有可能這樣。」

羅杰斯被害前砍了一大堆柴，眾人拾起薪柴，送到廚房裡。薇拉和布蘭特已忙了起來，布蘭特在弄爐子，薇拉則在切培根肉。

愛蜜莉．布蘭特說：「謝謝你們。我們會盡快做好……大概半小時到四十五分鐘吧。水就要開了。」

§

前警官布洛爾用低啞的聲音對菲利普．隆巴德說：「知道我在想什麼嗎？」

隆巴德說：「既然你都要告訴我了，我幹嘛還大費周章地猜？」

布洛爾這個人正經得不得了，別人的詼諧完全聽不進去。他心事重重地繼續說：「美國曾經有個案子。一對老夫婦遭人以斧頭砍死，時間是上午，房子裡除了他們的女兒和女傭之外，別無他人。女傭已經被證實沒有嫌疑，女兒是位受人尊重的中年未婚婦女，人非常好，好到獲判無罪。然而他們怎麼樣都找不出其他解釋。」他頓了一下。「當我看到斧頭的時候，便想到剛才那宗凶案……接著我走進廚房，看見她一身整潔，鎮定自若，連一根頭髮都沒有亂掉！但是看看那個女孩，她突然變得歇斯底里……那是很自然、也很可以預期的，你不覺得嗎？」

隆巴德簡短地說：「也許吧。」

布洛爾繼續說道：「可是另一個呢？一絲不亂地裹著圍裙——我猜測是羅杰斯太太的圍裙——說著：『早飯差不多再半小時就好了。』要說啊，我覺得這個女人才是真正的瘋子！許多老處女都這副德性……我不是說她們都是殺人狂，而是指她們腦袋有毛病。不幸的是，布蘭特小姐也不例外。她是宗教狂熱份子，自認是天道的執行者之類的！你知道嗎？她坐在自己的房裡唸《聖經》哪。」

隆巴德嘆口氣說：「精神失常是很難證明的啊，布洛爾。」

布洛爾仍不肯放棄地繼續說：「她出去了……披了件雨衣，說是看海去了。」

隆巴德搖搖頭說：「羅杰斯是砍柴時被殺的……那是他起床後的第一件工作。布蘭特小姐無需在案發後到外面閒逛幾個小時。要你問我，我覺得凶手殺了羅杰斯後，還可以好整以暇地打鼾睡大覺。」

布洛爾說：「你沒聽懂我的意思，隆巴德先生，要是這個女人是無辜的，她早就嚇得魂飛魄散了，哪敢獨自一人出去閒晃？她會放心大膽地四處亂跑，就是因為她無所畏懼。也就是說，如果她自己就是凶手的話……」

隆巴德說：「這個觀點不錯……是的，我倒沒想過這一點。」他又淡淡地笑說：「很高與你還沒懷疑到我頭上。」

布洛爾頗不好意思地說：「一開始我懷疑的就是你。想到你那把槍，還有你說的——或沒說出來的——奇怪經歷。不過現在我明白那樣太明顯了。」他頓了一下說：「希望你對我也有同樣的感覺。」

隆巴德若有所思地說：「我總覺得你缺乏做那種事的想像力，不過我也有可能錯了。我只能說，如果凶手是你，那麼你的演技也實在太精湛了，小弟十分折服。」他壓低聲音說：「布洛爾，這話就你知我知，因為可能還不到明天，我們就變成兩具屍體了……你是不是真的有做偽證？」

布洛爾極不自在地扭動身子，最後終於開口說：「反正現在也沒什麼差別了。是這樣的，蘭多是無辜的。那幫人把我整慘了，我們只好讓他去頂罪，告訴你喔，我可絕不會承認這件事……」

「倘若有什麼證據，」隆巴德咧嘴笑笑。「也僅限於你我之間。好了，希望你從中撈到了好處。」

「沒得到我該得的，珀塞幫那群人實在太惡劣了，但我還是升了官。」

「不過，蘭多被判終身監禁，死在監獄裡了。」

「我怎麼知道他會死，對吧？」布洛爾說。

「是啊，算你倒楣。」

「我倒楣？你是說他倒楣吧。」

「你也很倒楣啊。因為到頭來，你也會因此而『英年早逝』哩。」

「我？」布洛爾瞪著他。「你認為我會步上羅杰斯和其他人的後塵嗎？絕對輪不到我！我告訴你，我把自己看得非常非常的緊。」

隆巴德說：「好吧，總之我不是愛打賭的人。反正你死了，我也得不到好處。」

「喂，隆巴德，你這話什麼意思？」

隆巴德露齒笑說：「我的意思是，親愛的布洛爾，依我看你是死定了！」

「什麼？」

「你缺乏想像力，這會讓你成為絕佳的下手對象。像歐文這種富於想像力的罪犯，任何時間都可以將繩子套到你頭上。」

布洛爾紅著臉，氣呼呼地問道：「那你自己呢？」

隆巴德的表情冷酷而陰險。

「我的想像力挺好的，我以前曾多次從險境中脫逃！我想……我就明說吧，我想我可以逃過這一劫。」

§

蛋在鍋裡煎著，薇拉邊烤麵包邊想：「我幹嘛歇斯底里地醜相盡出呢？真是錯得離譜。冷靜啊，小女孩，千萬保持冷靜。」

畢竟她一向以自己的理性自持為榮。

「柯索恩小姐真了不起，竟能那麼冷靜……西羅溺斃後便能馬上開始游泳。」

怎麼會想起這件事？那都過去了，過去了……她在抵達峭岩之前，西羅就已經失蹤了。她感到水流載著她，將她推向大海，她只能順著流水，靜靜漂游，直到船隻終於出現……

他們對她的勇氣、冷靜大加讚賞。

然而雨果並沒有。雨果只是望著她。

天哪，好傷人哪！即使在今天想到雨果，她還是……

他在哪裡？在做什麼？他訂婚……結婚了嗎？

布蘭特尖聲叫道：「薇拉，麵包要烤焦了。」

「噢，真抱歉，布蘭特小姐，真的烤焦了。我真笨呀！」

布蘭特從嗞嗞作響的油中撈起最後一個蛋。

薇拉把一片新鮮麵包放在烤叉上，好奇地說：「布蘭特小姐，你簡直太冷靜了。」

布蘭特抿著嘴說：「我自小就養成處變不驚的習慣了，而且從沒出過什麼亂子。」

薇拉本能地想：「從小就受到壓抑……原來如此……」

她說：「你不怕嗎？」薇拉頓了一下，又補充說：「難道你不在乎死亡嗎？」

死！這個字如一把尖鑽刺入愛蜜莉．布蘭特頑固如石的腦袋裡。死？她不會死的！死的會是別人，是的，但不會是她愛蜜莉．布蘭特。這女孩不懂！她天生就無所畏懼。布蘭特家的人沒有一個會怕這怕那的。她家族裡的人都是教會人員，能坦然面對死亡。他們和愛蜜莉．布蘭特一樣，過著剛直坦誠的生活。她從來沒做過見不得人的事……因此，死的當然不會是她……

「王公貴族為自己考慮。」

「你不必為夜晚的降臨感到恐懼害怕，也不必為白晝飛來的暗箭而不安……」

現在是朗朗白晝，有什麼好怕的？

「我們誰也無法離開這個島。」

這是誰說的？麥卡瑟將軍，是的，他的親戚和艾西．麥克弗森結婚了。他似乎不在乎，似乎頗樂於赴死！太不應該了！這種想法真是失敬。有些人很少想到死，結果反而失去自己的生命。貝翠絲．泰勒……昨晚她還夢見貝翠絲，夢見她在外邊，臉貼著窗戶嗚嗚哭泣，哀求著讓她進屋。但愛蜜莉．布蘭特不想讓她進來，因為她若進了屋子，災禍就會降臨……

布蘭特突然回過神來，薇拉則好奇地打量著她。布蘭特用輕鬆的口吻說：「準備好了吧？我們把早餐端進去吧。」

§

這頓飯吃得極為尷尬，每個人都分外客氣。

「布蘭特小姐，給我加些咖啡，可以嗎？」

「柯索恩小姐，來片火腿怎麼樣？」

「再來一片麵包嗎？」

六個人全都一派矜持，舉止如常。

而內心裡呢？每個人的思緒都像籠裡的松鼠一樣快速飛轉。

「接下來呢？下一個呢？該誰了？會是哪一個？」

「這招有用嗎？我持疑。可以試試看，倘若時間允許。天哪，倘若時間允許……」

「宗教狂熱份子，沒錯。瞧她那個樣子，實在令人無法相信。會不會是我搞錯了呢……」

「太離譜了，一切都太離譜了，我也快瘋掉了。毛線不見了，紅絲簾子失蹤了……沒道理嘛，我完全掌握不到頭緒……」

「那個大白癡，我說什麼他都信，真是易如反掌……不過，我得小心，非常小心。」

「六個小瓷人……只剩下六個了……今天晚上會是多少個？」

……

「最後一個蛋誰要吃？」

「要不要果醬？」

「謝謝。要不要我幫你切幾片麵包？」

六個人，舉止如常地吃著早餐……

12

早餐用完了。

沃格夫法官清清嗓門，以權威性的口吻說：「我建議大家聚在一起討論一下目前的情況，半小時後去客廳談如何？」

大夥紛紛表示同意。

薇拉開始將盤子堆疊在一起。

她說：「我來收拾、洗刷盤子吧。」

隆巴德說：「我們幫你把東西拿到餐具室。」

「謝謝。」

愛蜜莉・布蘭特站起來又坐回去說：「哎喲。」

法官說：「怎麼了，布蘭特小姐？」

布蘭特小姐歉然地表示：「真是對不起。我很想幫柯索恩小姐的忙，但不知怎麼搞的，我覺得有點頭暈。」

「頭暈，呃？」阿姆斯壯醫生走上前。「大概是後發性驚嚇，這很正常，我可以給你開點……」

「不要！」

這話像炸彈似地自她嘴裡爆出來。

大夥全嚇了一跳，阿姆斯壯滿臉火紅。

布蘭特一臉的恐懼驚疑假不了，醫生只得索然地說：「隨你便吧，布蘭特小姐。」

她說：「我什麼藥都不想吃……任何東西都不想吃。我只想靜靜地坐在這兒等頭暈過去就好。」

他們把碗盤都收拾乾淨了。

布洛爾說：「柯索恩小姐，我滿愛做家事的，我來幫你吧。」

薇拉說：「謝了。」

飯廳裡就只剩下布蘭特一個人了。

有一陣子，她聽見餐具室裡傳來微弱的談話聲。

布蘭特的頭暈已經消失了，現在她覺得挺睏的，似乎可以倒頭就睡。她耳裡傳來嗡嗡的聲音……還是房裡真的有嗡嗡聲？

布蘭特心想：「聽起來像蜂的聲音，而且是大黃蜂。」

不久她看見那隻蜜蜂了，就在玻璃窗上爬動。

薇拉．柯索恩今早才提過蜜蜂呀。

蜜蜂和蜂蜜……

她愛吃蜂蜜。你自己可以用細紗布榨濾蜂窩裡的蜂蜜。一滴、兩滴、三滴……

房裡有人……有個渾身溼透、還淌著水的人……貝翠絲．泰勒從河裡出來了……

只要轉過頭，就可以看見她了。

但她的頭轉不過去。

如果她可以大聲喊叫……

但她也叫不出來。

房裡再沒別人了，只有她孤零零一個。

她聽到了腳步聲，輕軟，拖曳，移到她身後。那溺水的女孩，拖著步子來了……

她鼻孔裡仍散放著陰溼的氣味。

蜂兒仍在玻璃窗上嗡嗡作響……

接著她感到一陣刺痛。

蜂兒螫了她的脖子……

§

眾人在客廳裡等著愛蜜莉・布蘭特。

薇拉說：「我去叫她來，好嗎？」

布洛爾急忙說：「再等等吧。」

薇拉又坐下來。大家都用探詢的目光看著布洛爾。他說：「各位，以下是我的看法：我們不必再大費周章地去找命案的主事者了，答案就在客廳裡。我敢發誓，那個女人就是我們要找的凶手。」

阿姆斯壯說：「動機呢？」

「宗教狂熱。醫生，你覺得如何？」

阿姆斯壯說：「很有可能。我沒什麼好反對的，不過，當然，我們也沒有任何證據。」

薇拉說：「我們在廚房準備早餐時，她的表現很古怪。她的那雙眼睛……」她的身子顫抖著。

隆巴德說：「你不能憑此做判斷。我覺得現在大家都有些想過頭了！」

布洛爾說：「還有一件事。她是在聽完唱片後，唯一一個沒有提出解釋的人。為什麼？因為她根本沒有什麼好解釋的。」

薇拉在椅子上動了動身子說：「不是這樣的。她後來跟我講了。」

沃格夫說：「柯索恩小姐，她跟你講了什麼？」

薇拉又把貝翠絲・泰勒的事說了一遍。

沃格夫先生表示：「這故事說得通，我個人完全可以接受。告訴我，柯索恩小姐，你覺得她對自己的處理態度，可有感到內疚或自責？」

「完全沒有，」薇拉說，「她根本無動於衷。」

布洛爾說：「這些道貌岸然的老處女實在太鐵石心腸了！根本是在嫉妒嘛！」

沃格夫先生說：「現在已經十點五十五分，我覺得該請布蘭特小姐加入我們的談話。」

布洛爾說：「你不打算採取任何行動嗎？」

法官說：「我不認為我們能採取什麼行動。我們的懷疑也只是懷疑而已，不過，我會請阿姆斯壯醫生仔細觀察布蘭特小姐的一舉一動。現在我們都到飯廳去吧。」

眾人發現愛蜜莉・布蘭特和原先一樣坐在椅子上，從身後看不出什麼毛病，只是她似乎對他們的到來聽而不聞。

接著大家看到她的臉了……布蘭特臉上到處是血，嘴唇青紫，雙目驚愕。

布洛爾說：「天哪，她死了！」

§

沃格夫先生輕緩的聲音揚起：「又一個人被定罪了……我們遲了一步！」

阿姆斯壯彎腰檢查死者，他嗅嗅死者的嘴巴，失望地搖搖頭，然後又仔細察看布蘭特小姐的眼瞼。

隆巴德不耐煩地問：「醫生，她怎麼死的？我們離開這兒時她還好好的呀！」

阿姆斯壯把注意力放在死者脖子右側的一個小點上。

他說：「是皮下注射所致。」

窗戶上傳來嗡嗚的聲音。薇拉喊道：「看！一隻蜜蜂，一隻大黃蜂！還記得我早上說的話嗎？」

阿姆斯壯厲聲說：「這不是野蜂叮的！是有人拿針筒注射的。」

法官問道：「注射的是什麼毒液？」

阿姆斯壯答道：「我猜是氰化物一類的。也許是氰化鉀，和毒死東尼・馬斯頓的一樣。

布蘭特一定是立刻窒息而死。」

薇拉喊道：「可是那隻蜂呢？不會是巧合吧？」

隆巴德冷冷地說：「哼，這絕不是巧合！這是我們那位兇手的拿手把戲！他是個喜歡耍弄人的禽獸，而且執意按那首可惡的童謠來耍人！」

他的聲音首次失去控制，而且近乎尖叫，彷彿在長期的驚懼與設防之下，緊繃的神經終於再也壓抑不住而爆發開來一樣。

他激動地喊道：「太瘋狂了！全然地瘋狂……我們大家全都瘋了！」

法官冷靜地說：「希望大家還能冷靜下來沉住氣。有沒有人帶針筒到這裡來？」

阿姆斯壯挺直身子，心虛地說：「有，我帶了。」

四對眼睛鎖向他。阿姆斯壯打起精神，迎向那些深懷敵意的目光說：「我旅行一向會隨身帶一個，大部分醫生都這樣的呀。」

沃格夫先生冷靜地表示：「確實如此。醫生，你能告訴我們那支針筒的下落嗎？」

「在我房間的小提箱裡。」

沃格夫說：「也許，我們可以去查證一下。」

五個人悄無聲息地往樓上走。

小提箱裡的東西全被翻到地板上了。

就是不見針筒的蹤影。

§

阿姆斯壯吼道：「一定是被人拿走了！」

房裡一片死寂。

阿姆斯壯背靠著窗戶站立。四雙猜疑譴責的目光仍舊盯著他。他看看沃格夫，又看看薇拉，然後無助而無力地重申道：「真的，一定是被人拿走了。」

布洛爾看了隆巴德一眼，隆巴德回應過去。

法官說：「房裡只有我們五個人，其中一個就是凶手。這個地方危險叢生。為確保我們四個無辜者的安全，每件東西都需要妥善管理。阿姆斯壯醫生，我現在問你，你帶的是什麼藥品？」

阿姆斯壯說：「我這兒有個小藥盒，你可以檢查一下。裡面有些安眠藥，如乙基眠，還有一袋溴化物乳劑，有碳酸氫鈉和阿斯匹靈。別的沒什麼了。我沒帶任何氰化物藥品。」

法官說：「我自己也有一些安眠藥，應該是乙基眠吧。我想，這種藥若大量服用，還是可以致死的。隆巴德先生，你有槍，對吧？」

隆巴德立即問：「是又如何？」

「那就好。我建議醫生的藥品、我自己帶的藥片、你的手槍以及其他麻醉類的藥物或槍械都集中放在一個安全的地方。放好後，我們每個人再接受檢查……包括我們個人和隨身攜帶的物品。」

隆巴德說：「要我交出槍，休想！」

沃格夫疾聲說：「隆巴德先生，你是個十分壯碩有力的年輕人，但前警官布洛爾的體格也很健壯。我不清楚你們兩個誰能打過誰，不過我要告訴你，我本人、阿姆斯壯先生和柯索恩小姐都會站在布洛爾這邊，盡最大努力幫助他，你會發現，如果你不合作，你的處境會相當艱難。」

隆巴德頭一揚，咬牙切齒地說：「好，很好，看來你們都算計好了。」

沃格夫先生點點頭。

「識時務者為俊傑，你的槍在哪裡？」

「在我床邊桌子的抽屜裡。」

「很好。」

「我去拿吧。」

「我覺得大家一起去會更妥當些。」

隆巴德仍然恨恨地笑道：「你可真會疑神疑鬼，對吧？」

眾人沿著走廊來到隆巴德的房間。

隆巴德大步來到床邊桌前，然後猛地拉開抽屜。

只見他痛罵一聲退開。

抽屜裡空無一物。

§

「滿意了嗎？」隆巴德問道。

他像被剝光了衣服一樣，其他三人細細搜尋著他的房間。薇拉．柯索恩則待在外邊的走廊裡。

眾人逐一搜查，阿姆斯壯、法官和布洛爾也都輪番接受檢查。

四位男士從布洛爾的房裡出來，走向薇拉的房間。這時法官說話了。

「柯索恩小姐，我們不能有例外，這點希望你能諒解。我們非找到那把槍不可，我猜你可能帶了游泳衣來吧？」

薇拉點點頭。

「麻煩你回房換上泳衣，再到我們這兒來。」

薇拉進了房間，將房門關上，不到一分鐘又穿著帶褶的緊身絲質泳衣出現在眾人面前。

沃格夫點頭表示滿意。

「謝謝你，柯索恩小姐。現在請你留在這兒，我們進去檢查你的臥房。」薇拉耐著性子在走廊上等他們出來，然後才回房換衣服，再出來與眾人會合。

法官說：「現在我們可以確定一件事，亦即我們五個人誰都沒有致命武器或毒藥了。這樣很好。現在我們把這些藥品放到安全的地方。餐具室裡是不是有個銀白色的箱子？」

布洛爾說：「聽起來是不錯，可是鑰匙由誰掌管呢？我猜，就是你吧？」

沃格夫先生沒答腔。

他走到餐具室，其他人也緊隨其後。那裡擺了一個小箱子，是專門用來放銀器和盤子的。大家在法官的指示下，把各種藥品放進去，然後鎖上箱子。接著又按法官的意思把箱子抬上碗碟櫃裡，也照樣鎖上。一切辦妥後，法官把箱子的鑰匙給隆巴德，碗碟櫃的鑰匙則交由布洛爾保管。

他說：「你們兩個是最強壯的，誰也別想從對方手裡奪走鑰匙，我們這三個就更不可能了。想砸開碗碟櫃或箱子，一定會弄出響聲，而且很費事；有人若想趁眾人不注意時將它們搬走，也比登天還難。」

他頓了一下，繼續說道：「我們仍然面臨一個嚴重的問題，那就是隆巴德先生的手槍下落何在？」

布洛爾說：「我覺得它的主人應該最清楚才對。」

隆巴德簡直氣到鼻子冒煙。他說：「你這個豬頭！我說過它被偷走了！」

沃格夫問道：「你最後一次看見它是什麼時候？」

「昨天晚上。我上床睡覺的時候把它放在抽屜裡，以備不測。」

法官點點頭。

他說：「八成是今早大家在尋找羅杰斯或發現他的屍體期間被偷的。」

薇拉說：「手槍必然藏在屋裡某個地方，我們一定得找到它。」

沃格夫用手撫著下巴說：「我看再找也是枉然，我們的凶手有充裕的時間藏匿槍枝，我看我們沒那麼輕易找到。」

布洛爾口氣很硬地說：「雖然我不知道槍在哪裡，但我打賭我猜得到另一件事——針筒的下落。跟我來！」

他打開前門，領著大家繞過房子。

布洛爾在離飯廳窗口不遠的地方找到了那只針筒，旁邊還有一個打碎了的瓷人……第六個被打碎的小瓷人。

布洛爾得意地說：「只有這裡才找得到。凶手殺了她之後，打開窗戶扔出針筒，然後從桌上拿起瓷人再拋了出去。」

針筒上沒有指紋，顯然被仔細擦過了。

薇拉堅決地說：「我們現在就去找槍吧。」

沃格夫先生說：「那是當然。不過大家在找槍時一定要走在一起。切記啊，我們一旦分開，凶手就會趁隙而入。」

眾人仔仔細細地從閣樓搜到地窖，卻仍然一無所獲。那把槍還是不見蹤影。

／13

「其中一個……其中一個……其中一個……」

這幾個字，一遍又一遍，時時又刻刻，不斷在眾人腦裡迴繞。

五個人，五個驚恐不已的人，你監視著我，我監視著你，而且大家也懶得再去掩飾自己的緊張。

大家說起話來直來直往，沒有任何矯飾，這是五個坐困愁城、相互設防的敵人。

突然間，五個人恍若回到野獸狀態，而不再是人類了。沃格夫法官像隻膽小怕事的老烏龜，駝著背定定坐著，一雙眼睛卻機警異常。前警官布洛爾粗野拙陋，走起路來像隻溫吞吞的動物，兩眼布滿血絲，眼神看來凶殘而蠢笨，一副隨時準備襲擊敵人的樣子。菲利普．隆巴德變得格外敏感警覺，一點風吹草動都會令他豎起耳朵。他的步履變得益發輕快，渾身動如狡兔，而且不時微微一笑，露出一嘴白長的牙齒。

薇拉．柯索恩則沉靜異常。她大半時間都蜷縮在椅子裡，兩眼直直盯著前方，一臉茫然，就像一隻猛然撞到玻璃被人撿起的鳥兒一樣，這會兒只能動也不動、驚懼萬分地畏縮在那裡，好像只要保持靜止，便能救自己一命。

阿姆斯壯緊張到可笑亦復可悲的程度。他身體抽搐，手指發顫，香菸一根根不停地點，但隨即又將菸踩熄。這種強迫無為的狀態，他似乎最難卒忍，不時會憋不住地亂說一通。

「我們……我們不該在這裡呆坐！我們一定……一定可以想點辦法吧？如果我們生一堆火……」

布洛爾沮喪地說：「這種天氣行嗎？」

外面又是驟雨狂落，野風咆哮，潑落的雨聲都快把大家逼瘋了。

基於某種默契，他們採取某種策略。大家全坐在大客廳裡，一次只有一個人能離開，另外四名則得等著離去的人回來。

隆巴德說：「只是時間問題罷了，天氣總會變好的，到時候我們就有辦法可想了……發求救信號，生火，做個木筏。總會有辦法的！」

阿姆斯壯突然咯咯咯地笑了起來。

「時間問題……時間？我們最不能損失的就是時間！我們死定了……」

沃格夫法官用他清晰而細弱的聲音，沉重但堅決地說：「如果我們謹慎點就不會死。大家務必要謹慎呀……」

午餐準時開飯，但這回不再有任何客套了。五個人全都進到廚房，在食品櫃裡找到各種罐頭。他們開了一罐舌肉和兩罐水果，就圍站在廚桌邊吃完了事。然後又成群結隊地返回客廳坐好，就這麼坐著相互監看。

每個人腦裡飛快轉著各種怪誕、瘋狂、病態的念頭……

「是阿姆斯壯幹的……我剛才看見他斜眼瞄我。眼神凶猛，非常凶猛……也許他根本不是什麼醫生……沒錯，一定是這樣！他是個從醫院逃出來的瘋子，佯稱自己是醫生……沒錯……我該不該告訴他們？要不要大聲叫喊？不行，這樣會打草驚蛇……何況他看起來那麼正常……幾點了……才三點十五分！噢，老天，我快瘋了……沒錯，凶手就是阿姆斯壯……瞧，他正在看我……」

「他們撂不倒我的！我會照顧好自己……我以前又不是沒碰過大風大浪……那把槍他媽的跑哪去了？誰拿去了？在誰那裡……大家手上都沒有啊，這點大夥都知道，我們每個人都被搜過了……沒有人手上有槍……可是有某個人知道槍枝的下落……」

「他們會瘋掉的……他們全都會發瘋的……怕死……我們大家都怕死……我好怕死啊……是的，但死亡畢竟還是會降臨……『先生，棺材就放在門口！』這句話我是在哪兒讀到的？那個女孩……我得好好監視那女孩，是的，我會監視那女孩……」

「三點四十分……才三點四十分……也許鐘停了……我不懂。我真不懂……怎麼會發生這種事……它就是發生了……我們怎麼還不醒過來？醒醒啊……審判之日……不，不對！要是我能思考就好了……我的腦子好像怪怪的……快炸了，快要裂開了……怎麼會發生這種事情……幾點了？哦，天哪，才三點四十五分。」

「我得保持冷靜……我一定得冷靜……要是我能冷靜下來就好了……事情已經很明白了……都水落石出了。但是不能有人猜到，這樣也許能奏效，這一定得奏效才行。是誰幹的？問題是，是誰幹的？我認為……沒錯，我真的覺得就是……他。」

時鐘敲響五點，眾人都跳了起來。

薇拉說：「有人想……喝茶嗎？」

一陣沉默後，布洛爾說：「我想來一杯。」

薇拉站起來說：「我去幫你泡，大家都留在這兒吧。」

沃格夫先生柔和地說：「親愛的小姐，我覺得大家都寧可跟你去，一起看你沏茶。」

薇拉瞪大眼睛，隨即爆出一陣歇斯底里的大笑。

她說：「是啊！當然了！」

五人來到廚房。薇拉和布洛爾沏茶、喝茶。其他三人喝的是威士忌，他們打開一瓶新酒，撕開一個釘住的紙盒，從裡面拿吸管來喝。

法官詭異地低聲笑道：「我們一定得非常謹慎……」

眾人再次折回客廳。現在雖是夏天，客廳裡卻相當陰暗。

隆巴德扭開幾盞燈，燈卻沒亮。他說：「難怪了！自從羅杰斯沒去查看後，發電機就沒轉了。」

他猶豫了一下，然後說：「我們出去把引擎發動吧。」

沃格夫法官說：「我看見食品室裡有包蠟燭，最好還是點蠟燭吧。」

隆巴德走了出去。其他四人則坐下來互相監視。

他回來，拿著一盒蠟燭和一堆碟子走進客廳。大家點了五根蠟燭放在客廳四周。

時間是五點四十五分。

§

六點二十分，薇拉受不了長時間呆坐，打算回房洗個冷水澡，舒緩疼得厲害的頭部和太陽穴。

她站起來，向門口走去。然後她像是記起什麼，又返回客廳，從盒中拿了一根蠟燭，點燃後，在茶碟上滴了幾滴蠟液，再將蠟燭緊緊黏在上面。接著薇拉走出客廳，將門關上，把四名男士留在客廳裡。她走上樓，沿著通道走向自己的房間。

薇拉打開房門時，突然停住，僵在原地。

她的鼻翼抖動著。

海……聖多尼克一帶的大海氣息。

就是這氣味，她不會弄錯的。當然囉，海島上自然會飄著海洋的氣息，不過這氣味不一樣。這是那天那片海灘的氣息……有著潮落後岩石上沾著陽光烘烤的海藻味。

「柯索恩小姐，我能游到那個島上嗎？」

「為什麼我不能去島上游泳……」

嬌生慣養、哭哭啼啼的討厭鬼！若不是他，雨果就會成為有錢人……就有能力娶他心愛的女子了。

雨果……

難道……難道……雨果在她身旁嗎？不，他正在房裡等著她……薇拉向前邁一步。風從窗外吹進來，吹得火苗搖曳不定，最後熄滅了。

黑暗中，她突然感到害怕……

「別傻了，」薇拉．柯索恩告訴自己。「不會有事的，其他人都在樓下，有四個人呢。

房裡又沒人，也不可能有人。是你自己在胡思亂想，小女孩。」

然而那氣息，聖多尼克海灘的氣息……這不是憑空想像的，而是真真實實的感受。

而且，房裡真的有個人……她聽到了一些聲響，她確實聽見了……

她就站在那裡側耳傾聽。然後，她感到一隻冰冷溼黏的手觸到自己的咽喉……一隻溼淋淋、飄著海洋氣味的手……

§

薇拉放聲尖叫，一聲又一聲驚恐的尖叫，她絕望地求救。

她聽不見樓下傳來聲響，聽不見椅子被撞倒、門被打開、人們飛奔上樓的聲音，她只知道自己怕到了極點。

接著她稍稍恢復理智，看到門口閃爍著光亮……那是燭火，以及匆匆趕進房裡的人們。

「究竟怎麼啦？出了什麼事？我的老天，怎麼啦？」

薇拉抖著身子，向前踏了一步，癱倒在地板上。

迷糊中，薇拉意識到有人彎腰抱她，有人用力將她的頭部按到她兩膝之間。

突然間，有人急急地驚叫道：「天哪，快瞧！」

這時薇拉已回過神了，她睜開眼抬起頭，看見了幾名男士手持蠟燭在圍觀的東西。一條寬粗的海藻從天花板上垂掛而下，就是這東西在黑暗中觸到她的咽喉，她以為那是隻溼黏的手，以為是溺死者向她索命來了！

薇拉開始歇斯底里地大笑起來。她說：「是海藻，不過是條海藻而已……原來就是這味道啊……」

接著薇拉又是一陣暈眩，胃部不斷翻騰。又有人扶著她的頭，強按到她的兩膝之間。時間好像過了一輩子那麼久。他們拿酒給她，把杯子抵到她唇上。薇拉聞到了白蘭地的味道。

就在她正要一飲而盡時，突然，一絲警覺——猶如一記警鐘——在她腦中響起。薇拉坐直身子，將酒杯推開。

她說：「這酒是從哪兒來的？」

布洛爾瞪了她一分鐘後，才出聲答道：「是我從樓下拿來的。」

薇拉喊道：「我不喝……」

眾人一陣沉默，接著隆巴德哈哈大笑。

他帶著欣賞的口吻說：「真有你的，薇拉。即使嚇到魂飛魄散了，還是很有警覺性嘛。我去拿瓶沒開過的酒來。」

他隨即走了出去。

薇拉虛弱地說：「我現在好了，我想喝點水。」

她掙扎著站起來，阿姆斯壯扶了她一把。薇拉緊抓著他，搖搖晃晃地走到洗手台邊，打開水龍頭灌滿杯子。

布洛爾不太高興地說：「那杯白蘭地沒問題。」

阿姆斯壯說：「你怎麼知道？」

布洛爾氣呼呼地說：「我沒有往裡頭放東西……你就是這麼想，我猜。」

阿姆斯壯說：「我沒有說你放了。但你和別人都有可能趁亂在瓶子裡動手腳。」

隆巴德很快就回到房間裡。

他手裡拿著一瓶新的白蘭地和開瓶器。

隆巴德將密封的瓶子湊到薇拉的鼻子前。

「酒來了，小姑娘。絕對作不了假。」他剝開錫箔，拔出軟木塞。「幸好這裡有不少烈酒！歐文這點倒是挺周到的。」

薇拉劇烈地顫抖著。

阿姆斯壯端著杯子，隆巴德則往杯裡倒酒。他說：「柯索恩小姐，你最好把酒喝了。剛才你受驚不小。」

薇拉喝了幾口，臉上恢復了幾絲血色。

隆巴德笑著說：「哎呀，看來這次凶手是失算了。」

薇拉喃喃道：「你認為凶手剛剛是在找我下手嗎？」

隆巴德點頭說：「我看凶手是想把你嚇死！有些人就會嚇死，對吧，醫生？」

阿姆斯壯不置可否，他猶疑地說：「嗯，很難講。她年輕健康，又沒有心臟疾病，可能性很低。不過話又說回來……」

他端起布洛爾給他的白蘭地，用手指沾著小心地嘗嘗。表情未變。他揣疑地說：「嗯，味道好極了。」

布洛爾憤憤地跨前一步說：「你敢說我在酒裡動手腳，看我敲掉你的頭。」

喝了白蘭地而精神大振的薇拉轉移話題說：「法官去哪兒了？」

三個男人互相看著對方。

「這就怪了……我以為他跟著我們上來了。」

布洛爾說：「我也是……醫生，你是跟在我後面上樓的，到底怎麼啦？」

阿姆斯壯說：「我以為他跟在我後頭……當然啦，他年紀大了，沒有我們走得快。」

大家又互相看著對方。

隆巴德說：「實在太奇怪了……」

布洛爾叫道：「我們得去找他才行。」

他朝門口走去，其他人則緊隨在後，薇拉最後一個跟上來。

眾人下樓時，阿姆斯壯回過頭說：「也許他還待在客廳裡。」

大夥穿過門廳。阿姆斯壯扯開嗓門喊道：「沃格夫，沃格夫，你在哪兒？」

無人應答。房子裡死般的寂靜，只有雨輕柔地淌著。

阿姆斯壯才一踏進客廳，便木然停住了。其他人擁上來，從他肩上望過去。

有人叫出聲來。

沃格夫法官端坐在房間另一頭的高背椅裡，兩邊身側各燃著一根蠟燭。然而令大家驚駭悚然的是，他頭上戴著法官的假髮，身披猩紅色的長袍坐在那裡……

阿姆斯壯示意其他人往後退，自己則像個醉鬼，踉踉蹌蹌地走到這個死無聲息、雙目圓睜的老人跟前。

他伏下身子，仔細盯著這張平靜的面容。接著他快速掀起假髮，假髮掉在地上，露出沃格夫光禿的前額。

前額正中央有個模糊的小窟窿，裡頭正滲著血。

阿姆斯壯抬起沃格夫垂軟的手，試試脈搏，然後轉向其他人。

他用呆滯、恍惚而遙遠的聲音說：「是被槍殺的。」

布洛爾說：「天哪……那把槍！」

醫生仍然用呆滯的口吻說：「子彈穿過頭部，立即死亡！」

薇拉彎腰拾起假髮，聲音因恐懼而顫抖。「是布蘭特小姐丟失的灰毛線……」

布洛爾說：「還有浴室裡的紅簾子。」

薇拉低聲說：「原來他們拿那些東西就是要用來做這個……」

隆巴德突然大笑起來……那笑聲高得極不自然。

「『五個小小戰士打官司，一進法院剩四個。』這就是鐵血沃格夫先生的下場。他再也不能宣判罪刑！再也無法戴著黑色的法官帽！這是他最後一次坐在法庭上！他再也無法做結論，將無辜者送入地獄。如果愛德華・塞頓在這兒，不知會笑得多麼開心、多麼快意啊！」

隆巴德的崩潰弄得其他人驚恐不已。

薇拉喊道：「今早你還說沃格夫是凶手啊！」

隆巴德表情一凜。

他沉聲說道：「我是說過……而，我冤枉了他。我們之中又有人被證明無辜……只是這證明來得太遲了！」

14

眾人將賈士帝．沃格夫先生抬到樓上房間，擺在他的床上。

然後大家回到樓下，站在門廳裡彼此相視。

布洛爾沉重地說：「我們現在該怎麼辦？」

隆巴德輕快地說：「吃點東西，我們得吃點東西才行，你知道。」

他們再次走進廚房，又打開一個罐頭，食不知味地呆呆吃著。

薇拉說：「我以後再也不吃罐頭了。」

吃過飯，大夥圍坐在廚桌旁你望我我望你。

布洛爾說：「就剩我們四個人了……下一個會是誰？」

阿姆斯壯眼睛放直，愣愣地說：「我們得非常謹慎……」他停住了。

布洛爾點點頭。「他就是這麼說的，可是如今他也死了！」

阿姆斯壯說：「我真搞不懂，這究竟是怎麼發生的？」

隆巴德罵道：「一個聰明透頂的背叛者！他把海藻放在柯索恩小姐房裡，這招太管用了。大家衝過去，以為她出事了。結果慌亂之中，趁老頭子不備將他殺掉了。」

布洛爾說：「可是為什麼沒人聽到槍聲？」

隆巴德搖搖頭。

「當時柯索恩小姐尖叫連連，風又呼呼地猛颳，一群人邊跑邊喊，是呀，自然就聽不見了。」他頓了一下。「不過，這把戲不能再用第二次了。下回凶手得試試別的手法。」

布洛爾說：「他想必會的。」

他的語氣讓人聽起來很不舒服，那兩人互看一眼。

阿姆斯壯說：「我們還有四個人，而且不知道誰是……」

布洛爾說：「我知道……」

薇拉說：「我很確定是……」

阿姆斯壯緩緩說：「我想我才真的知道……」

隆巴德也說了：「我認為我現在很清楚了……」

眾人再度相互看著對方。

薇拉搖搖晃晃地站起來說：「我覺得不舒服，我得上床去了……我真的累壞了。」

隆巴德說：「也好。反正坐在這兒相互監視也沒什麼益處。」

布洛爾說：「我不反對……」

醫生喃喃說道：「這樣最好，雖然我懷疑各位能否睡得著。」

一夥人走到門口。

布洛爾說：「不知那把槍現在在哪兒？」

§

他們來到樓上。接下來的事就有點像鬧劇了。

四個人逐一站在各自的臥房門口握著門把。然後，好似一聲令下，大家整齊畫一地邁進自家房間，將門關上，接著鎖門、上閂、搬動家具之聲齊響。

§

驚懼難平的四個人就此入柵自囚，等待明日清晨的來臨。

隆巴德將椅子穩穩頂在門把下面之後，重重舒了口氣。

他晃到梳妝台前。

在搖曳的燭光下，好奇地打量著自己的面容。

他輕聲告訴自己說：「唉，你真的被這件事折騰得亂了手腳。」

他慘然一笑。

然後俐落地脫掉衣服。

來到床上，他將手錶放在床頭桌子上。

接著打開桌子的抽屜。

隆巴德當場愣住，垂眼看著抽屜裡的那把手槍……

§

薇拉．柯索恩躺在床上。

身旁的蠟燭仍在燃著。

她還不敢鼓起勇氣將它吹熄。

她怕黑……

她一次又一次告訴自己。「你到今天早上都還安然無恙。昨晚沒事，今晚也不會有事，不會有事的。你既然將門鎖上了，任誰也無法靠近你……」

接著她猛然想到：「當然不會有事啊！我可以待在這兒！把門鎖死躲在這裡！吃不吃飯無所謂！我可以安然留在這兒，直到救援前來！哪怕等上一兩天……」

留在這兒。好。可是，她能待得住嗎？一小時又一小時，沒有人聊天，也無事可做，只是一味地想……

她開始想起了康沃爾郡，想起了雨果，想起她對西羅說的話。

愛哭的小討厭鬼，總是磨得她心煩……

「柯索恩小姐，為什麼我不能游到岩石那邊？我游得到的，我知道我可以的。」

答話的人真是她嗎？

「你當然可以了，西羅，真的喔，我知道。」

「那麼我可以去囉，柯索恩小姐？」

「西羅，是這樣的，你媽媽會很擔心你。這樣吧，明天你可以游到岩石那邊，到時候我會在海灘上跟你媽媽聊天，分散她的注意力。等她想到要找你時，你就已經站在岩塊上向她揮手了。她一定會很驚喜！」

「啊，好棒呀！柯索恩小姐，太好玩了！」

明天！明天雨果會去紐基。等他回來時，一切都結束了。

是的，不過萬一事情沒成呢？萬一出了差錯呢？西羅可能會被及時救起，這樣他就會說：「是柯索恩小姐說我可以去的。」那該怎麼辦？但人總得冒點險！果真淪落至此，她乾脆矢口否認。「西羅，你怎麼可以說這麼沒良心的謊話？我從來沒講過這種話啊！」他們一定會相信她，因為西羅經常撒謊，他不是什麼誠實的小孩。西羅當然知道實情囉，但無所謂……不管怎樣，一切都會順利進行。她會佯裝去救西羅，只是為時太遲……任何人都不會起疑……

雨果是否疑心過？所以才會用那種奇怪而疏遠的眼神打量她？雨果知道真相嗎？所以他才會在審訊之後匆匆消失？

她給他寫過信，卻沒有回音……

雨果……

薇拉在床上輾轉反側。不，不，她不可以去想雨果。太令人傷心了！一切都結束了，而且事已至此……她必須忘掉雨果。

為什麼在這個夜晚，她突然覺得雨果跟她一起在這個房間裡？

她望著天花板，瞪著房間中央那只黑色的大鐵鉤。

之前她從未注意到這只鐵鉤。

海藻就是從那上面掛下來的。

想到海藻觸碰在脖子上那種冰涇黏糊的感覺，她就渾身戰慄。

薇拉不喜歡天花板上的那只鉤子，它牽引著你的眼睛，弄得人心亂如麻……一只黑沉沉的大鐵鉤。

§

前警官布洛爾坐在自己的床邊。

他那雙機警而充血的小眼睛鑲在發僵的臉上，令他看來像一頭蓄勢待發的野豬。

布洛爾全無睡意。

威脅在步步逼近……十個人中已經死了六個。

儘管精明謹慎、狡猾如老法官者，此時也已一命歸西了。

布洛爾有些幸災樂禍地輕哼一聲。

那個怪老頭說過什麼來著？

「我們一定得十分謹慎……」

一本正經、自以為是的偽君子。坐在法庭上像個全知全能的上帝，他活該，以後再也不用謹慎小心了。

現在只剩他們四個人。那個女孩、隆巴德、阿姆斯壯，還有他本人。要不了多久，又有一個要消失……但絕不會是他，威廉・布洛爾。他不會讓這件事發生。

（可是那把槍……那把槍的下落呢？那把槍是個最危險的變數！）

布洛爾坐在床上雙眉緊蹙，一想到那把槍的問題，他的小眼便更皺更瞇了。

周圍一片寂靜，他可以聽見樓下傳來的鐘響聲。

午夜時分了。

布洛爾現在稍稍放鬆，甚至還在床上躺了下來，但他並未脫掉衣服。

他躺在床上思考，有條不紊、認認真真地將這整件事從頭想過一遍。這是他當警官時養成的習慣，周密的思考是保身的不二法門。

燭光漸漸弱了。確定火柴就在伸手可及之處後，布洛爾乾脆將燭火吹滅。

好奇怪，他發現黑暗令人心神不寧，彷彿塵封多年的恐懼都被一一喚醒，爭先爬進他的腦海裡。空中飄浮著許多臉孔——法官戴著灰毛線假髮的臉、羅杰斯太太冰冷呆滯的臉、東尼・馬斯頓扭曲醬紫的臉。

還有另一張臉孔——戴著眼鏡、氣色灰白而且留著一撮淡黃色鬍子的臉。

他曾經看過這張臉……可是是什麼時候？不是在這個島上。不，那是更久之前的事了。

好笑的是，他竟然叫不出那張臉孔的名字……那種傻不愣登的臉……一個看起來像流氓的傢伙。

沒錯！

他腦子裡一驚。

蘭多！

想來也怪，他竟然完全不記得蘭多長什麼樣子了。昨天他還試著努力回想那傢伙的相貌，結果卻是徒勞一場。

而現在，蘭多竟又五官分明的出現在眼前，恍若昨天才見過面。

蘭多有個妻子，一名唇薄而一臉憂心的女人。還有個孩子，是個年約十四歲的女孩。第一次，他想知道這兩人後來怎麼了。

（那把槍，那把槍到底怎麼了？這才是更重要的事啊。）

他愈去想槍的事，就愈是感到不解……他真是搞不懂。

是屋子裡的人把槍拿走了。

樓下的鐘敲了一下。

布洛爾的思緒被打斷了。他從床上坐起來，突然戒心大起，因為他聽到聲音了……一股非常微弱的聲音，從他臥室門外某處傳來。

有人在這棟黑漆漆的別墅裡走動。

汗水自他額上滲出。是誰在走廊上鬼鬼祟祟地走動？那人一定不懷善意，他敢打賭！

雖然身軀笨重，布洛爾倒是靜悄悄地一下從床上跳起，兩大步跨到門口，站在那兒豎耳傾聽。

但那聲音不再傳來了。不過布洛爾仍堅信自己沒聽錯。他確實聽見有人在門口走動。他的頭髮豎直，恐懼再次爬上心頭。

有人在夜裡偷偷地遊蕩。

他細細聽著，但那聲音再也不曾出現。

現在新的誘惑向他逼近，他真想衝出去看個究竟，只要看看是誰在黑暗中晃蕩就行了。

然而開門出去實在是項愚蠢的舉動，他極可能正中凶手的下懷，說不定凶手就是故意讓他聽見聲音，估算他會出門查看。

布洛爾僵硬著身子站在那裡聆聽，現在他可以聽見各種聲音了……劈啪聲、沙沙聲和神祕的耳語。但他腦子很清醒、理智，知道這些聲音是什麼……其實是他自己熱切的想像。

接著他突然聽到某種非出自幻想的聲音了。那是一陣步履聲，非常輕柔，非常謹慎，然而對全神貫注、側耳傾聽的布洛爾來說，卻異常清晰。

那腳步輕緩地沿著走廊而來（相較之下，隆巴德和阿姆斯壯的住處離樓梯口遠多了），毫不停歇地從他門前飄然而過。

布洛爾聽著，當下打定主意。

他想看看這個人是誰！那腳步確實是經過他門口往樓梯去了。這個人要去哪兒？

布洛爾開始行動。他的體型看來雖然笨重，動作卻令人驚訝地相當快捷。他躡手躡腳回到床邊，將火柴放進口袋裡，拔掉床頭燈的插頭，拿起燈，將電線纏到燈上。這燈的硬塑膠底座十分沉實，很適合拿來當武器。

他悄然地衝過房間，移開支在門把下的椅子，小心地打開門鎖，拉開門閂。布洛爾大步跨到走廊上，樓下門廳裡傳來一種微弱的聲音。布洛爾穿著襪子的腳悄悄溜到了樓梯口。

就在這時，他才意識到自己為何能這麼清楚地聽到這些聲音了。風已完全停歇，天空十分清朗，微弱的月光從落地窗潑灑進來，照亮了樓下的門廳。

布洛爾突然瞥見有人從前門出去。

他急急追下樓，卻又中途煞車。

他差點又做傻事了！這可能是個圈套，為了引誘他走出這棟房子！

但另外那個人並未發現自己犯了一個錯誤……他讓自己落到布洛爾手中了。

因為樓上三間住房裡，現在必然有一間是空的。布洛爾只要確認是哪一間就成了！

布洛爾輕輕沿著走廊往回走。

他先在阿姆斯壯醫生的門口停下來，然後敲門。沒有任何反應。

他等了一下，然後來到隆巴德的門口。

立刻有人答話。

「誰？」

「是我，布洛爾。阿姆斯壯好像不在他房裡，你等一下。」

他來到走廊盡頭的房門口，又敲了起來。

「柯索恩小姐，柯索恩小姐。」

薇拉害怕地應道：「誰呀？什麼事？」

「沒事，柯索恩小姐。你稍等一下，我就回來。」

布洛爾匆匆返回隆巴德的房間，他一到，門便開了，隆巴德左手舉著蠟燭，睡衣外面套了條褲子，右手揣在睡衣口袋裡。他厲聲問：「到底怎麼啦？」

布洛爾立刻解釋了原因。隆巴德眼睛登時一亮。

「阿姆斯壯，啊？這麼說，他就是我們尋找的目標！」他來到阿姆斯壯門口。「對不起，布洛爾，我什麼事都不能輕信。」

他用力敲著門。

「阿姆斯壯！阿姆斯壯！」

沒人應聲。

隆巴德蹲下身子，透過鑰匙孔往裡面瞧。他將小指頭小心翼翼地插進鎖孔中。

他說：「鑰匙不在房間那頭的鎖孔裡。」

布洛爾說：「這表示他從外邊將門鎖上，並且把鑰匙帶走了。」

隆巴德點了點頭。

「還是小心為上。我們會抓到他的，布洛爾，這次，我們一定會逮到他！很快就會了。」

他衝到薇拉的房間。

「薇拉。」

「我在。」

「我們要去抓阿姆斯壯，他不在他的房間。無論如何你別開門，明白了嗎？」

「是的，明白了。」

「要是阿姆斯壯來你這兒，說我或布洛爾遇害了，千萬別上當。明白嗎？只有我和布洛爾兩人跟你說話，你才能開門。聽懂了嗎？」

薇拉說：「懂了，我又不是傻瓜。」

隆巴德說：「那好。」

他回到布洛爾身邊，說道：「現在，抓人去！狩獵行動開始！」

布洛爾說：「我們最好當心點，別忘了，他有槍哪。」

隆巴德輕聲笑著衝下樓。

他說：「那你就錯了。」他拉開前門說：「把門閂拉開，這樣他才能輕易回來。」

他繼續說道：「槍在我手上！」他邊說邊從口袋裡抽出半把槍。「今晚我發現這槍又被擺回我抽屜裡了。」

布洛爾在門階上霎時止步，臉色丕變。隆巴德注意到了。

「布洛爾，你他媽的別傻了！我不會殺死你的！不信的話，回房間把自己關好吧！我自己去抓阿姆斯壯。」

隆巴德走到月光下，布洛爾猶豫了一下，也緊跟上來。

他心想：「我真是活該自找的，畢竟……」

他以前也曾抓過許多持槍的罪犯，布洛爾最不缺的就是勇氣，只要有危機出現，他總是能很快地擺平。他不怕別人開明槍，他只怕潛伏的危險和裝神弄鬼的把戲。

§

她獨自一人留下來等結果。

她下床穿上衣服。

她瞄了門口兩次。那門非常結實，上了門也上了鎖，門把處還牢牢地卡了把橡木椅子。

這門是撞不開的，至少阿姆斯壯醫生絕對撞不開，因為他並不是那種身強力壯的人。

如果她是阿姆斯壯，必定會以智取，而非借助蠻力。

薇拉想著阿姆斯壯可能採用的各種殺人手法，藉此自娛。

隆巴德說過，也許他會聲稱隆巴德或布洛爾已經身亡，或假裝自己受了重傷，在她門口哀吟。

還有其他可能。也許他會告訴她說房子起火了，甚至真的故意放火……是的，這很有可能。他將另外兩位男士誘離房子，然後把事先準備好的汽油點著，而她則像個白癡一樣，把自己關在房裡，最後來不及逃走。

薇拉來到窗口。情況不算太糟，危急時還能從窗口逃生。她只能用跳的，不過幸好近處有個花壇。

薇拉坐下來拿出日記，開始用漂亮的字跡寫了起來。

總得設法把這段時間打發掉吧。

忽然，薇拉繃緊神經，全神貫注起來。她聽到一個聲音。那是，她想，玻璃的碎裂聲，聲音就來自樓下某個地方。

她認真地聽著，卻再也聽不見任何聲響了。

薇拉聽見了——或認為她聽見了——鬼鬼祟祟的腳步聲、樓梯吱嘎響聲及衣服摩擦聲。但那些聲音都十分模糊。薇拉覺得，就和布洛爾早些時候一樣，這都是出於自己的想像。

然而過沒多久，薇拉聽見更具體的聲音了。樓下有人在走動，有咕咕噥噥的話語聲。接著有人走上樓，門開了又關，腳步朝頭上的閣樓走去，接著閣樓裡一陣嘈雜。

最後，腳步聲終於沿著走廊走來，只聽到隆巴德說：「薇拉，你沒事吧？」

「是的。發生什麼事了？」

布洛爾說道：「可以讓我們進去嗎？」

薇拉走到門口挪開椅子，打開門鎖，然後抽開門閂。她打開門，兩位男士大口喘著氣，腳和褲管全浸溼了。

薇拉又問：「發生什麼事了？」

隆巴德說：「阿姆斯壯失蹤了……」

§

薇拉叫道：「什麼？」

隆巴德說：「他從島上完全消失了。」

布洛爾附和著說：「消失了，就是這麼回事！好像他媽的變魔術一樣。」

薇拉不耐煩地說：「胡說八道！他一定藏在某個地方。」

布洛爾說：「不，他沒有！告訴你吧，這島上根本沒有藏身之處，這戰士島光溜溜的就像你的手掌一樣！外頭的月光亮得像白晝一樣，但就是找不著他的蹤影。」

薇拉說：「他又折回屋子裡了吧。」

布洛爾說：「我們也想到了，還搜查了整棟房子。你一定有聽見我們的走動聲。他不在這裡，我告訴你，他不見了，消失得一乾二淨，匆匆溜掉了……」

薇拉不可置信地說：「我不信。」

隆巴德表示：「是真的，我親愛的。」

他頓了一下，然後說：「還有一件小事，飯廳有一小片窗戶被打碎了，而且……餐桌上只剩三個小瓷人了！」

15

三個人坐在廚房裡吃早餐。

屋外豔陽高照，天氣十分晴和，暴風雨已成過去。

這幾名島上囚徒的心情，也跟著天氣起了變化。

他們只覺得彷彿剛從一場噩夢中醒來。危機雖未化解，但至少是光天化日之下的危境。昨天屋外風狂雨急，那種駭然的無力感就像毛氈般將他們團團圍住，而現在這種感覺早已被拋到九霄雲外了。

隆巴德說：「我們今天試著到島上最高處放面鏡子做反光信號吧，希望在斷崖上閒晃的人，有人夠聰明，知道那是摩斯密碼的求救信號。晚上我們則可以生火……只是薪柴所剩不多了，而且搞不好他們會以為有人在辦營火晚會哩。」

薇拉說：「一定有人看得懂摩斯密碼，這樣他們就會在天黑之前救我們出去了。」

隆巴德說：「天氣是清朗了，可是海水還沒退，看來仍是波濤洶湧！明天之前，船還是無法接近戰士島。」

薇拉叫道：「又得在這鬼地方待一夜了！」

隆巴德聳聳肩。

「最好認命吧！我看最多再待二十四小時。只要我們能堅持到最後，大家就都會平安無事了。」

布洛爾清清嗓門說：「我們最好把事情搞清楚。阿姆斯壯到底發生了什麼事？」

隆巴德說：「哦，我們已經有一條線索了，餐桌上只剩下三個小瓷人，看來阿姆斯壯似乎已遭到不測了。」

薇拉說：「那為什麼找不到他的屍體？」

布洛爾說：「就是啊。」

隆巴德搖搖頭說：「真是怪透了，怎麼也找不到。」

布洛爾猜道：「也許被拋進海裡了。」

隆巴德厲聲問：「被誰？你嗎？還是我？你看見他從前門出去後，就跑到我房間找我了。我們是一塊出去找他的，我能有時間殺掉他、又把屍體在島上扛來扛去嗎？」

布洛爾說：「我不知道，但我確實知道一件事。」

隆巴德說：「什麼事？」

布洛爾說：「那把槍。那是你的手槍，現在槍又在你手上了，你無法證明槍並未一直在你手上。」

「少來了，布洛爾，我們之前全都被搜過身了。」

「你一定是在搜身之前把槍藏起來，搜完後才又拿出來。」

「你這個死腦筋，我跟你發誓，是有人把槍放回我抽屜裡。看到槍時，我這輩子第一次被嚇到。」

布洛爾說：「你要我們相信這種事嗎？我倒是問你，阿姆斯壯或任何人，有什麼理由把槍放回原處？」

隆巴德絕望地聳聳肩。

「我真的不知道，這件事實在太詭異了，誰也料不到會這樣，根本沒道理嘛。」

布洛爾同意道：「是沒道理，你最好想個比較說得過去的理由。」

「以證實我說的是事實，是嗎？」

「我未必認為是事實。」

隆巴德說：「我想也是。」

布洛爾說：「隆巴德先生，你要是真跟你裝出來的一樣老實……」

隆巴德咕噥道：「我什麼時候說過自己老實了？沒有，我從未說過那種話。」

布洛爾冷冷地繼續表示：「如果你講的是真話，那麼只有一個辦法。只要槍在你手上，我和柯索恩小姐就得任你擺布。最公平的辦法就是，把槍和其他東西一道鎖起來，鑰匙則仍然由你我來保管。」

隆巴德點了一根菸。

噴口菸後，他說：「少混蛋了。」

「你不同意？」

「我不會同意。槍是我的，我需要拿它來自保，我得帶著才行。」

布洛爾說：「既然這樣，我們只有一個結論了。」

「亦即，我就是U·N·歐文嗎？虧你他媽的想得出來。我問你，我如果是歐文，為什麼我昨晚不拿槍打死你？我要想殺你，你早死過二十回了。」

布洛爾搖搖頭說：「我不知道……不過那是事實，你一定有自己的理由。」

一直沒參與討論的薇拉此刻激動地說：「你們兩個簡直像一對白癡。」

隆巴德看著她。

「這話怎麼講？」

薇拉說：「你們都忘了那首童謠了，你們難道沒看出其中有條線索嗎？」

她用意味深長的聲音吟誦起來：

四個小小戰士出海去，

燻青魚吞剩三個。

她繼續說道：「燻青魚吞……這是個很重要的線索。阿姆斯壯並沒死。他拿走了那個小瓷人，讓你們以為他死了。你們怎麼說都行……反正阿姆斯壯還在島上。他的失蹤就恰似一條燻青魚耍詐先偷跑了……」

隆巴德又坐了下來。

他說：「你知道嗎，你可能是對的。」

布洛爾說：「是的，不過若是如此，現在阿姆斯壯在哪兒？我們把這個地方全翻遍了。」

薇拉啐道：「我們不也一直在找那把手槍嗎，結果找到了嗎？但槍始終在某個地方啊！」

隆巴德咕噥著說：「我的大小姐，可是人跟槍，大小比例也差太多了吧。」

薇拉說：「我不管，反正我相信自己沒錯。」

布洛爾低聲說：「這樣他豈不露出馬腳了，在歌謠裡談到燻青魚……他本來可以寫點別的啊。」

薇拉叫道：「但是你要知道這人根本瘋了，完全瘋了啊！按著童謠殺人，這件事本來就極度瘋狂！給法官著上盛裝、殺死正在砍柴的羅杰斯、對羅杰斯太太下藥讓她就此不起、布蘭特死的時候正好有蜜蜂出現！就像某個頑劣的孩子在玩遊戲，全都環環相扣。」

布洛爾說：「你說得對。」他想了想。「還好，這個島上沒有動物園，他這次要得逞得傷點腦筋了。」

薇拉叫道：「難道你不明白嗎？我們就在動物園哪！昨天晚上，我們根本人不像人，和動物無異，我們就在動物園哪！」

§

一整個上午，他們都在懸崖上輪流對陸地做鏡子反射。

似乎沒人瞧見他們，因此看不到任何回應的訊號。天氣不錯，只是有些撲灰。下頭的海面風浪很高，沒有船隻出海。

他們又徹底將整座島搜過一遍，依然毫無所獲，不見那位失蹤的醫生。

薇拉從眾人所站之處抬眼看著房子。

她的口氣有點哽咽說：「在戶外，感覺安全多了……我們別再回那棟房子了吧。」
隆巴德說：「這主意不錯。我們在這兒是很安全，沒有人能在大家面前先發制人。」
薇拉說：「我們就留在這兒吧。」
布洛爾說：「總得找個地方過夜吧？到時候我們還是得回房子裡去。」
薇拉顫抖著說：「我受不了，我沒辦法再回去住一夜！」
隆巴德說：「把自己鎖在房裡很安全。」
薇拉喃喃道：「大概吧。」
她攤開雙手，低聲唸道：「能再次感受到陽光真好……」
她想：「奇怪，我竟然會感到開心……我仍然身處危境啊……不知怎地，我只覺得一切都無所謂了。白天不會有危險……我覺得自己充滿了力量，覺得自己不會死……」
布洛爾看著錶說：「兩點了，午飯怎麼辦？」
薇拉執拗地說：「我不回屋裡去，我要待在這兒，待在戶外。」
「拜託啦，柯索恩小姐，你知道，填飽肚子才有力氣呀。」
薇拉說：「我一看到罐頭就倒胃口！什麼都不想吃。人在節食的時候，有時什麼都不吃，還不是照樣能挺上幾天。」
布洛爾說：「我該吃的時候就得吃。你呢，隆巴德先生？」

隆巴德表示：「想到罐頭舌肉我也興致不高，我就留在這兒陪柯索恩小姐吧。」

布洛爾一時拿不定主意。

薇拉說：「我不會有事的。兇手不會在你一轉身之後，就把我射死，如果你擔心這個的話。」

布洛爾說：「你這麼說我就放心了。但我們約好了不分開的。」

隆巴德說：「是你自己說要入虎穴的，願意的話，我可以陪你一起進屋裡。」

「不，你才不會呢。」布洛爾說，「你會留在這兒。」

隆巴德大笑。

「原來你還在怕我啊？我要的話，現在就可以開槍把你們兩個都打死。」

布洛爾說：「你當然可以。不過，這麼一來就破壞了計畫。應該是一次一個，按特定方式殺掉才對。」

「喲，」隆巴德說，「你好像什麼都很清楚嘛！」

「當然，」布洛爾說，「孤身一個人進入那棟房子，是有點教人發毛……」

隆巴德輕聲道：「所以你想問我，能不能把手槍借你用，對吧？答案是不行！我不借！我沒那麼好說話，謝謝。」

布洛爾聳聳肩，開始順著陡坡朝房子走去。

隆巴德輕輕地說：「動物園的餵食時間到了！動物的作息十分固定……」

薇拉焦急地說：「他這麼進去豈不是太冒險了？」

「你的說法……不，我不覺得。阿姆斯壯並沒有武器，而布洛爾再怎麼說，都比阿姆斯壯魁梧兩倍，而且他又格外機警。再說，阿姆斯壯在房裡的可能性微乎其微，我知道他並不在裡邊。」

「可是……我們還有沒有別的辦法？」

隆巴德輕聲說：「就看布洛爾了。」

「哦，你真的認為……」

「聽著，小女孩，你聽到布洛爾說的話了，你得承認，如果他說的是真的，那麼我就不可能與阿姆斯壯的失蹤有關。他的話撇清了我的嫌疑，卻沒有釐清他自己的嫌疑。他說他聽見腳步聲，看到有個男人下樓走出前門，但那只是他的片面之詞，布洛爾也有可能在說謊。說不定他幾小時前便已將阿姆斯壯殺掉了。」

「怎麼殺的？」

隆巴德聳聳肩。

「那我們就不清楚了。不過我覺得，我們只剩一件事需要忌憚了……那就是布洛爾。我們對這傢伙了解多少？根本一無所知！他說他以前當過警察，可能只是瞎編的！他可以是任何人，一個瘋狂的百萬富翁、古怪的商人、從布羅德摩爾跑出來的病患。有件事可以肯定，這些罪行極有可能都是他幹的！」

薇拉的臉色煞白，連大氣都不敢喘一下，她說：「假如他盯上……我們呢？」

隆巴德拍拍口袋裡的槍，輕聲說：「我會非常小心，讓他無法得逞。」

接著隆巴德好奇地看著薇拉。

「你倒是很信任我呀，薇拉。你確信我不會殺你嗎？」

薇拉說：「我總得相信一個人……其實，我覺得你錯怪布洛爾了，我仍然認為凶手是阿姆斯壯。」

她突然轉向他：「你不覺得……有個人嗎？有個人一直在觀察等待？」

隆巴德慢吞吞地說：「那只是你神經緊張罷了。」

薇拉急切地說：「那麼你也有這種感覺囉？」

她抖著身子靠近了些。

「告訴我，你覺不覺得……」她突然停住，又繼續說：「我曾經讀過一本故事——講的是兩個法官來到一個美國小鎮的事——他們從高等法院過來。他們主持正義，絕對的大公無私，因為……他們根本不是這個世界上的人……」

隆巴德抬抬眉毛說：「哦，你是指上帝的使者嗎？不，我不相信怪力亂神，這件事純粹是人為。」

薇拉低聲說：「有時，我無法確定……」

隆巴德看著她說：「那是良心問題……」沉默片刻後，他溫和地說：「看來，你真的把那孩子淹死了？」

薇拉激動地說：「我沒有！我沒有！你沒有權利講這種話！」

隆巴德笑了起來。

「噢，有的，是你幹的，小女孩！我並不清楚原因，說不上來。應該是和男人有關，對吧？」

薇拉突然感到四肢癱軟，疲累已極，她有氣無力地說：「是的，是有個男的……」

隆巴德溫和地說：「謝了。這正是我想知道的……」

薇拉驀然坐了起來，驚叫道：「怎麼了？是地震嗎？」

隆巴德說：「不，不是地震。不過，地是震了一下，我還以為……你有沒有聽到像喊叫的聲音？我聽到了。」

兩人抬眼望向房子。

隆巴德說：「聲音是從屋裡發出來的，我們最好過去瞧瞧。」

「不，不。我不去。」

「隨便你，我要去了。」

薇拉無可奈何地說：「好吧，我跟你去。」

兩人沿著坡面走到房子側邊，露台在陽光的照射下顯得一片寧靜、祥和。他們猶豫了一會兒，沒走前門，改而小心地繞著房子。

他們發現了布洛爾。他四腳朝天地躺在露台東側，整個腦殼都碎掉了，是被人用一塊白色大理石砸死的。

隆巴德抬頭說道：「上面是誰的窗口？」

薇拉發著抖，低聲說道：「我的。那是掛在我壁爐台上的鐘……我現在想起來了，那鐘的造型就像一頭熊。」

她哆哆嗦嗦地反覆說道：「就像一頭熊……」

§

隆巴德抓住薇拉的肩膀。他以緊迫、嚴肅的口吻說道：「這就對了。阿姆斯壯就藏在房子裡，我去抓他。」

然而薇拉緊抱住他說：「別做傻事。現在只剩我們兩個了，我們是下一個目標！他就希望我們去找他！他巴不得我們這麼做呀！」

隆巴德停下來，若有所思地說：「這裡邊一定有不對勁。」

薇拉喊道：「你必須承認我說得沒錯。」

他點點頭。

「好吧，算你贏！凶手就是阿姆斯壯。不過他到底躲在哪兒？我們可是滴水不漏地搜過整個島嶼啊。」

薇拉急切地說：「如果你昨晚沒找到他，那麼現在也不會找到……這是普通常識嘛。」

隆巴德不甚情願地說：「是啦，不過……」

「他可能事先就找好了藏身地點——這很自然，當然他一定會這麼做——比如說老莊園裡的密室。」

「但這又不是一棟老房子。」

「他還是可以闢一間密室啊。」

隆巴德搖搖頭說：「我們剛來的第一天上午就勘察過房子了，我發誓我們把這個地方都摸透了。」

薇拉說：「一定有……」

隆巴德說：「你知道，我倒想看看……」

薇拉叫道：「沒錯，你倒是想看看！而他就是算準這點！他就在房子裡……在等你。」

隆巴德從口袋裡抽出槍說：「你知道，我有帶傢伙。」

「你也說過布洛爾會沒事的……說他比阿姆斯壯更難對付，體格比他強壯，而且相當機警。但是你似乎沒意識到，阿姆斯壯是個瘋子！瘋子總是占優勢，他比任何正常人都要狡猾兩倍。」

隆巴德把槍放回口袋說：「好吧。」

§

隆巴德終於說話。「天黑後，你有什麼打算？」

薇拉沒答腔。隆巴德以譴責的口吻繼續說：「你還沒打算哪？」

薇拉無助地說：「我們能怎麼辦？哦，天哪，我好害怕……」

隆巴德沉思道：「天氣很不錯，月亮會出來。我們得找個地方，也許在懸崖頂端附近吧。我們可以坐在那兒等到天明，千萬不能睡著……必須自始至終提防著。一旦有人朝我們走來，我就開槍！」他頓了一下說：「你可能會感冒，穿這麼薄的衣服？」

薇拉哈哈大笑說：「感冒？我寧願感冒也不願意死呀。」

隆巴德靜靜地說：「那倒是……」

薇拉不安地挪動身體說：「如果我老坐在這兒，我會瘋掉的，我們去走走吧。」

「好。」

兩人沿著面海的岩岸緩緩上上下下走著，西沉的太陽橙黃而柔美，他們浸淫在一片金色光芒中。

薇拉突然神經質地咯咯一笑。

「可惜我們不能游泳……」

隆巴德正望著大海，他突然說道：「那是什麼，那邊？你瞧，在那塊大石頭旁邊？不，右邊偏遠一點。」

薇拉瞪大雙眼說：「看起來像是衣服！」

「是有人在游泳嗎？」隆巴德笑了。「奇怪，我還以為是海藻呢。」

薇拉說：「我們過去看看。」

「是衣服，」兩人往前靠近時，隆巴德說，「有一堆衣服，還有一隻靴子。快，我們從這邊爬上去。」

他們攀過了岩堆。

薇拉突然停下來說：「那不是衣服……是一個人……」

那人被卡在兩塊岩石之間，應該是今早被海水沖到那兒的。

隆巴德和薇拉終於爬到死者身邊了，他們彎腰一看。

那是張蒼紫的臉，一張溺水者駭人的面容……

隆巴德說：「我的天哪！是阿姆斯壯……」

16

永恆不復存在……世界翻覆無止……時光凝凍住了……一切都靜止下來，恍若穿越了千百年……

不，這其實只是轉瞬之間的事。

兩個人站在那裡垂頭望著屍體。

然後慢慢的、緩緩的，薇拉和隆巴德抬起頭，望進對方的眼睛……

§

隆巴德仰頭長笑。

他說：「原來是這樣呀，薇拉？」

薇拉說：「這座島上沒有人，一個人都沒有，除了我們兩個……」

她的聲音低若呢喃，再無生氣。

隆巴德說：「沒錯，所以我們很清楚我們的處境了，不是嗎？」

薇拉問：「那個大理石鐘是怎麼掉下來的？」

隆巴德聳聳肩。

「我的小姐，這花招玩得非常妙啊……」

他們又四目相對。

薇拉心想：「我以前怎麼沒仔細瞧過他的臉呢？它就像隻狼……沒錯，一張狼的臉……他的牙齒真令人毛骨悚然……」

隆巴德殺氣騰騰地說：「這就是結局，你明白了吧？我們現在已經知道真相了，這就是結局……」

薇拉輕輕地說：「我明白……」

她凝望著大海。麥卡瑟將軍也曾經這樣望向大海。那是什麼時候的事？就在昨天嗎？還是前天？他就這樣說過：「這就是結局……」

麥卡瑟是以接納而且幾近喜樂的心情來說這句話的。

然而對薇拉來說，這些話，這種觀點，徒然令她反感。不，結局不該如此。
她低頭看著屍體說：「可憐的阿姆斯壯醫生……」
隆巴德嗤之以鼻。他說道：「這是幹嘛？婦人之仁嗎？」
薇拉說：「不行嗎？難道你都不覺得同情嗎？」
他說：「我是不會同情你的，你千萬別指望！」
薇拉再次低頭看看死者。她說：「我們得把他搬走，將他抬回屋裡去。」
「把他和其他死者整整齊齊地擺在一起嗎，啊？我覺得他還是留在原地好了。」
薇拉說：「無論如何，我們得把他從海灘上移走。」
隆巴德大笑起來。「隨你便。」
他彎下腰，用力拖著屍體。薇拉靠在他身邊幫忙，盡全力地又拖又拉。
隆巴德喘著氣說：「這差事還真不輕鬆。」
不過，他們總算用力把屍體拖出水面了。
隆巴德直起了身子說：「滿意了嗎？」
薇拉說：「相當滿意。」
她的語氣帶著警告，隆巴德急忙轉過身，並伸手摸向口袋，但他馬上意識到口袋已經空空如也了。

薇拉站在一兩碼之外，手握著槍面對他。

隆巴德說：「難怪你那麼婆婆媽媽地掛念屍體！原來是想摸我的口袋。」

薇拉點點頭。她牢牢舉著槍，一點兒也不顫抖。

隆巴德離死亡僅一步之遙了。他知道死亡從未如此接近過他。不過，他還沒被打死。

他命令道：「把槍給我。」

薇拉大笑。

隆巴德說：「來，把槍遞過來。」

他的腦子飛快地轉著。該用什麼……他該用什麼辦法勸服她，讓她放下戒心；要不，就猛衝過去……

隆巴德終其一生都在冒險，現在他也打算孤注一擲。

他用商量的語氣緩緩說道：「小姑娘，你聽我說……」

說時遲哪時快，隆巴德身子一躍，有如飛豹……

薇拉想也不想地扣動了扳機。

隆巴德的躍姿在空中停頓了一下，然後重重摔落在地上。

薇拉小心地向前走去，手中依然握著槍。

然而提防已嫌多餘。

隆巴德已經死了……被一槍射穿心臟……

§

薇拉真有說不出的輕鬆及無拘的解放。

這一切終於結束了。

再也沒有恐懼，再也不會那麼緊張了。

島上只剩她一個人。

一個人孤零零地守著九具屍體……

但這有什麼關係？她還活著呢！

她坐在那裡，心情非常快樂，內心無比寧靜。

再也沒什麼好怕了……

§

夕陽西沉時，薇拉終於動了一下。剛才她無意識地靜靜坐著，心中除了無止境的安全感外，再也容不下任何感覺。

她現在才感到自己又餓又睏，尤其是睏得厲害。她真想倒在床上大睡一場，大睡一場，大睡一場……

也許他們明天就會來救她了。但她真的不在乎了。待在這裡沒什麼大不了，反正現在只剩她一個人了……

哦！好美妙、好美妙的寧靜呵……

她站起來，抬頭望著房子。

再沒什麼好擔心了！沒有危險等著她了！那不過是棟普通的現代住宅。然而才在不久之前，望向它時，她還忍不住打起哆嗦呢！

恐懼……恐懼是件多麼奇怪的事呀！

然而現在都過去了。她度過了，她戰勝了這場災厄，憑藉她自己的機智，終於轉敗為勝擊敗了那位毀滅者。

薇拉開始朝著房子走去。

太陽緩緩沉落，西邊天際露出一抹橘紅，壯麗而平靜……

薇拉心想：「整件事可能只是一場夢……」

她好累、好累呀！她四肢痠疼，眼皮有如鉛重。不再有恐懼了。睡吧，睡吧，睡吧……

既然島上只有她孤身一人，她便能安然入睡了。一個小戰士孤零零的留下來了。

她對自己笑了笑。

薇拉從前門走進屋裡。這房子也讓人感覺出奇的平靜。

她心想：「正常情況下，有誰願意留在每間臥房都有死屍的地方睡覺？」

要不要去廚房幫自己弄點吃的？

薇拉猶豫片刻，決定不去，因為她實在是太累了……

她停在飯廳門口。餐桌正中央依然擺著三個小瓷人。

薇拉大笑起來。

她說：「你們慢了一拍，親愛的小瓷人。」

她拿起兩個瓷人，從窗戶扔出去。她聽到瓷人撞在露台石頭上的碎裂聲。

薇拉拿起第三個瓷人，然後握在手中。

她說：「你可以和我一起走。我們贏了，小傢伙！我們贏了！」

天光漸弱，門廳顯得十分昏暗。

薇拉緊握著小瓷人，開始往樓上走去。她走得非常吃力，因為兩腿突然變得極沉極累。

「一個小小戰士太孤單。」該怎麼結尾？噢，對了！「結婚成了家，一個都不留。」

結婚……真可笑，她突然又覺得兩果就在這房子裡。

那感覺如此強烈。是的，雨果就在樓上等著她。

薇拉告訴自己：「別傻了。你真的是累糊塗了，開始胡思亂想……」

她慢慢地踏上樓梯……

上到樓梯口時，手裡有件東西悄無聲息地掉在柔軟厚實的地毯上，但居然沒發出半點聲響。她沒注意到手槍掉了，只是一心緊抓著小瓷人。

這棟房子好靜啊！但不像無人的空屋……

雨果，在樓上，等著她……

「一個小小戰士太孤單。」

最後一行又是什麼呢？是說到結婚的事，還是其他？

薇拉來到自己的房門口。雨果在裡邊等她……她很確定雨果在等著她。

她打開房門，驚嘆了一聲……

那是什麼……吊在天花板鐵鉤上的東西？是一副綁好了的絞索嗎？還有一把可以站上去的椅子，一把上去後可以踢開的椅子。

雨果想要的就是這個嗎……

是的，當然了，童謠的最後一句就是這麼寫的：「吊死了自己，一個都不留。」

小瓷人從薇拉手中滑落，滾了兩下，撞到爐罩，碎了。

薇拉木然地走上前去。這就是結局了……那冰溼的手（當然是西羅的手了）觸摸著她的咽喉……

「你可以去岩石那邊，西羅……」

謀殺就是那麼回事……那麼的輕而易舉！

只是後來，你怎麼也忘不了……

薇拉爬上椅子，眼神若夢遊者般迷茫……她將絞索套到自己的脖子上。

雨果就在旁邊看著她，看著她做她必須做的事。

薇拉踢開了椅子……

尾聲

蘇格蘭警場副局長湯馬斯・萊格爵士大發雷霆道：「可是這整件事也太不可思議了吧！」

梅恩警官畢恭畢敬地表示：「是的，長官。」

副局長繼續說道：「十個人全死在島上，沒留一個活口。沒道理呀！」

梅恩堅持表示：「但事情的確是發生了，長官。」

萊格爵士說：「去他的，梅恩。他們一定是被謀殺的。」

「問題就在這兒，長官。」

「醫生的報告中沒有可以用的線索？」

「沒有，長官。沃格夫和隆巴德是被槍殺的，前者擊穿頭部，後者擊中心臟。布蘭特小姐和馬斯頓都死於氰化物中毒。羅杰斯太太因服用氯醛過量斃命。羅杰斯的頭被劈開。布洛爾的頭被敲碎。阿姆斯壯溺水而亡。麥卡瑟被人擊碎後腦，薇拉·柯索恩則是吊死的。」

副局長眨眨眼說：「簡直是亂七八糟。」

他考慮片刻，然後不悅地說：「你的意思是說，你沒辦法從口角港當地民眾口中探出任何線索嗎？去他的，他們一定知道內情。」

梅恩警官聳聳肩。

「他們只是一些老實的漁民，只知道戰士島被某個叫歐文的人買下來……而且也只知道這麼一件事而已。」

「島上的供需品和各種安排是誰在張羅的？」

「是個叫莫禮斯的人。艾薩克·莫禮斯。」

「他有說什麼嗎？」

「他什麼也沒法說，長官，他死了。」

副局長皺起了眉頭。

「知道這個莫禮斯的底細嗎？」

「哦，是的，長官，我們知道他的底細。莫禮斯很有來頭，他和三年前的本尼托股票詐騙案有牽連……我們很確定這點，只是苦無證據。而且他還參與毒品交易，只是我們也找不到證據。莫禮斯這個人非常謹慎。」

「戰士島的事是他在幕後搞鬼的嗎？」

「是的，長官，戰士島是透過他交易的，雖然他聲稱是為某不知名人士代購的。」

「從帳面上應該能查到一點線索吧？」

梅恩笑了笑。

「你如果了解莫禮斯就不會這麼說了！他很會做假帳，連最高明的會計師也查不出個所以然來！這點我們在本尼托案中已經領教過了。他把雇主的資料隱匿得一絲不露。」

副局長嘆了口氣，梅恩繼續說道：「在口角港安排張羅一切的，正是莫禮斯。他聲稱自己為『歐文先生』工作，也是他告訴當地人說，島上在進行某種實驗——打賭人能不能在『荒島』上生活一週——因此島上發出的任何求救信號，都不用理會。」

湯馬斯．萊格爵士不安地表示：「你是說，那些人完全不覺得事有蹊蹺嗎？甚至那個時候都看不出來？」

梅恩聳聳肩說：「你忘了一點，長官。戰士島之前是屬於美國人愛默．羅布森的，他的友黨都是一群怪人，我相信當地人一定對他們十分側目，不過慢慢也就見怪不怪，而開始覺得跟戰士島有關的事，一定都很光怪陸離。這樣想，你就不會覺得奇怪了，長官。」

副局長算是勉強同意他的看法。

梅恩說：「費迪．納拉科——就是他把這群人送到島上——說了一件很有意思的事。他說看到這群人時，覺得很訝異。『他們根本不像羅布森先生的朋友。』我覺得正是因為那批人看起來太正常、太平凡，納拉科才會不顧莫禮斯的指令，在聽說島上發出了求救信號後，便駕船前去。」

「他和其他人是什麼時候去的？」

「十一日上午有一群童子軍看到了求救信號，但是當天根本不可能到島上去。他們是十二日下午去的，一看到天候能出航就走了。他們很確信在他們到達之前，不可能有人離開戰士島。因為在暴風雨後，海水漲得很高。」

「難道不可能有人游到岸上嗎？」

「到岸邊有一英里多的距離，而且岸邊海濤洶湧。當時有很多人和童子軍站在崖邊對著戰士島張望。」

副局長嘆了一口氣說：「房裡找到的那張唱片呢？沒有抓到一點可用的線索嗎？」

梅恩警官說：「我一直在調查唱片的事。唱片是由某公司提供的，這家公司灌製了許多戲劇和電影的唱片。唱片寄給莫禮斯，由他轉交給U．N．歐文。據知，這是某個業餘劇團為一齣還未上演的節目所錄製的，劇本隨唱片一起寄回。」

萊格說：「嗯，那麼唱片的內容呢？」

梅恩嚴肅地說道：「我正要談到這點，長官。」

他清了清嗓門。「我把唱片中的指控徹底調查了一番。先從第一個抵達島上的羅杰斯夫婦說起吧。他們是白蒂小姐的僕人。白蒂小姐突然死亡，幫她診治的醫生說不出個確切的理由，只說羅杰斯夫婦絕未毒害白蒂小姐，但他覺得有點不對勁……白蒂小姐是因他們疏於職守而斃命的。他說這種事很難查證。

「接著是賈士帝・沃格夫先生。他沒什麼問題，他就是審理塞頓案的法官。

「順便說一下，塞頓是有罪的，這點毫無可議之處。在他被絞死之後，證據找到了，證實他確實是罪有應得。然而當時許多人議論紛紛……十個人中有九個認為塞頓是清白的，還說法官的總結是在報復。

「那個叫柯索恩的小姐以前是位保母，結果這家人有人淹死了。表面上看來柯索恩與此事全然無關，事實上她還很英勇地跳下水去救人，結果被沖到海裡，幸虧及時被救回。」

「繼續說吧。」副局長嘆息著說。

梅恩深吸了一口氣。

「現在說說阿姆斯壯先生吧。此人知名度甚高，在哈利大街開了一家診所，是醫界中的翹楚，也沒有任何不法紀錄。不過一九二五年，他在雷斯摩爾某家醫院工作時，曾經幫一名叫克莉斯的婦女做腹膜炎手術，克莉斯死於手術台上。也許他的手術技術不純熟吧……但不純熟畢竟不算犯法，而且他根本沒有殺人動機。

「接著談談愛蜜莉・布蘭特小姐。有個叫貝翠絲・泰勒的女孩在她家做事。這名女僕因懷孕而被女主人趕出家門，後來就溺死了。雖然很慘，但也不算犯罪。」

副局長說：「問題似乎就在這兒了。U・N・歐文的對象就是那些無法可治的人。」

梅恩仍不動聲色地往下說：「小夥子馬斯頓開車總是橫衝直撞，駕照被扣留了兩次。依我看，早就該禁止他駕駛了。他就是這麼件事：他在劍橋附近開車時，把約翰和露西・庫姆斯這兩個孩子撞死了。他的哥兒們幫他作證，最後馬斯頓只是罰款了事而已。

「麥卡瑟將軍身上也查不出什麼，此人紀錄良好，在戰時服役。阿瑟・里奇蒙在法國時，在他麾下做事，最後死於戰場。他和麥卡瑟並無任何過節，事實上，兩人交情很深。那時有很多錯誤的策略，白白犧牲了不少軍官……也許里奇蒙就是那樣枉死的。」

「也許吧。」副局長說道。

「再說說菲利普・隆巴德。隆巴德與國外一些奇怪事件有牽連，有一兩次差點被捕。他的敢拼敢做是出了名的，滿有可能在四下無人時殺過幾個人。」

「接下來是布洛爾了。」梅恩猶豫了一下。「這傢伙我們當然都不陌生。」

副局長憤憤地罵道：「布洛爾是個惡棍！」

「你這樣認為嗎，先生？」

「我一向認為如此，但他太狡猾了，總是能安然脫身。我覺得他在蘭多案中做了偽證，當時我很氣這件事，卻又苦無證據。我叫哈里斯去查，他也查不出個所以然來。可是我到現在還是認為，要是我們找對門路，一定可以有所發現。這個人太奸詐了。」

停頓了一下後，萊格爵士說道：「你剛說莫禮斯死了，是嗎？什麼時候死的？」

「我就知道你會問，長官。莫禮斯是八月八日晚上死亡的。據我了解，是服了過量的安眠藥……巴比妥之類的藥物。看不出是他殺還是自殺。」

萊格慢條斯理地說：「想知道我怎麼想嗎，梅恩？」

「也許我可以猜得到，長官。」

萊格沉重地說：「莫禮斯死得也太巧了！」

梅恩點點頭。「我就知道你會這麼說，長官。」

副局長砰一聲捶著桌子，吼道：「這整件事實在匪夷所思至極，十個人死在一個只見岩塊的島上，而我們竟不知道凶手是誰，不了解動機，也不清楚他的手法。」

梅恩咳了一聲說：「呃，長官，並不全然是這樣。我們或多或少知道一些動機，有個瘋子自以為在替天行道，想將那些逍遙法外的罪人繩之以法。他挑了十個人，他們是否真的有罪並不重要……」

副局長激動地嚴聲說：「不重要？我倒覺得……」

他停下來了，梅恩謙恭地等著。萊格嘆口氣，搖搖頭。

「繼續講吧，」他說，「我剛以為自己想到了什麼，以為抓到一些頭緒，可是一下又不見了。接著往下說吧。」

梅恩繼續說道：「這麼說吧，這十個人都是該……該被處死的。他們也的確遭處決了。U‧N‧歐文完成了他的工作，並且不知用什麼方法從島上消失了。」

副局長說：「好個一流的遁身術！不過你知道，梅恩，這一定可以找到解釋。」

梅恩說：「你是在想，如果此人不在島上，也就談不上離開了，而且根據其他人士表示，歐文從來沒在島上露過面。那麼唯一可能的解釋，就是他其實是十個人中的一名。」

副局長點點頭。

梅恩急切地說：「這點我們也想到了，長官。我們據此深入調查，我們對戰士島上發生的一切並非一無所知。薇拉‧柯索恩和愛蜜莉‧布蘭特都有寫日記的習慣。沃格夫老先生也寫了一些筆記……雖然是些無聊、制式的流水帳，但都相當清晰。還有布洛爾也做了筆記，全都十分吻合。他們死亡的順序是這樣的：馬斯頓、羅杰斯太太、麥卡瑟、羅杰斯、布蘭特小姐、沃格夫。沃格夫死後，薇拉在日記中提到，阿姆斯壯在晚上離開了房子，又講到布洛爾和隆巴德去追他。布洛爾在他筆記本的扉頁上只寫了幾個字：『阿姆斯壯失蹤了。』」

「我覺得把所有環節都考慮進去後，也許我們可以找到一個很好的解釋。還記得阿姆斯壯是淹死的吧？假定阿姆斯壯是瘋子，那麼他為什麼不把其他人都殺了，再投海自盡？或者他是在游向陸地時溺死的？

「這個解釋雖然不錯，但不夠完整，沒辦法解決問題。首先是法醫提供的證據。法醫於八月十三日早晨抵達戰士島，他的說詞幫助有限。他只說，所有人至少都死了三十六個鐘頭了，而且可能更久些。不過法醫對阿姆斯壯的情況倒是很有把握，他說阿姆斯壯的屍體被沖上岸前，已經在水裡浸泡八到十個小時了。這表示阿姆斯壯必然是在十日到十一日晚間溺斃的。我來解釋原因吧。我們找到屍體被沖上岸的地點了，那是在兩塊岩石之間，而且石塊間還夾著幾塊布片和頭髮之類的東西。屍體一定是在十一日漲潮時被沖到那裡的……也就是說，大約在上午十一點左右。那之後暴風雨停息了，水位也跟著慢慢下降。

「我想你可能會說，阿姆斯壯在當晚淹死前，就已經設法幹掉另外三個人。然而有一點又說不通了，阿姆斯壯的屍體曾經被人拖到水面外，拖到任何海浪都沖不到的地方，而且屍體被整整齊齊地平放在地上。

「因此可以確定的一點是，阿姆斯壯死後，島上還有人活著。」

他停頓一下，繼續說道：「那麼到底是怎麼回事？以下是十一日早晨的情形。阿姆斯壯失蹤了（淹死了），這一來只剩三個人：隆巴德、布洛爾和薇拉．柯索恩。隆巴德被槍射死了，屍體就在海邊，接近阿姆斯壯的屍體附近。薇拉．柯索恩吊死在自己的臥室裡。布洛爾陳屍於露台上，頭被沉重的大理石鐘擊碎。這鐘大概是從上面的窗口砸下來的。」

副局長很快地問：「誰的窗口？」

「薇拉．柯索恩的。現在我們來逐一分析吧。先說菲利普．隆巴德。假設他把大理石砸到布洛爾頭上，然後給薇拉下藥，再把她吊上去，最後自己來到海邊舉槍自盡。」

「如果是這樣，他的手槍是誰拿走的？因為那把槍是在房子的樓上找到的，就在樓梯口第一間房間的門裡……沃格夫的房間。」

副局長問：「上邊有指紋嗎？」

「有的，長官，是薇拉．柯索恩的。」

「但是，活著的人……」

「我知道你要說什麼，長官，你想說，是薇拉．柯索恩幹的。她打死隆巴德，把手槍帶回到房子裡，用大理石鐘將布洛爾砸死，然後上吊自殺。」

「這樣也沒錯，滿合理的。她臥室裡有把椅子，而且椅座上有海藻的碎屑，和她鞋子上的一模一樣。看來她是站到了椅上，將繩子套在脖子上，然後踢開椅子。」

「可是那把椅子並沒有被踢翻呀，它和其他椅子一樣，被整齊地放回了牆邊。這是有人在薇拉．柯索恩死後擺回去的。」

「這樣只剩下布洛爾了，如果你跟我說，他在殺了隆巴德、引誘薇拉上吊自殺後走出去，用繩子將大理石拽下來，砸到自己頭上，我是根本不會信的。沒有人會那樣自殺。而且更重要的是，布洛爾絕不是那種人。我們都很清楚布洛爾，他絕不是什麼正義天使。」

副局長說：「我同意。」

梅恩警官表示：「因此島上一定還有別人。當整個事情結束時，他又出來做了收尾的工作。可是這人自始至終躲在什麼地方？又去了哪裡？口角港的人打包票說，在營救船隻抵達之前，不可能有人離開戰士島。可是果真如此……」

他停了下來。

副局長說：「果真如此……」

他嘆口氣，搖搖頭向前傾著身子。

「果真如此，」他說，「究竟是誰殺了他們？」

§

一份由「艾瑪·珍」號漁船船長寄給蘇格蘭警場的手稿上寫道：

自從本人步入青春期後，便意識到自己的性格充滿了矛盾。我極愛胡思亂想，兒時讀探險故事，只要唸到重要文件裝在瓶裡扔進大海之類的情節，便會興奮莫名。我現在依然如此，因此才會採取這種做法……寫出自己的告白，裝進瓶裡封起來，然後把它扔進大海隨波飄流。我想這份告白書有百分之一的機會可以重見天日……這時（或者我高估自己了？）一樁迄今未解的凶殺之謎就會大白於天下了。

除了愛幻想外，我生來還有其他性格特徵。看到死亡或死亡發生時，我便會有種施虐的快感。還記得我拿很多黃蜂做實驗，拿各種各樣的園中害蟲做實驗……自小我就強烈地意識到自己有殺人的欲望。

然而相對於此的，是一種南轅北轍的性格……一種強烈的正義感。我絕不願讓無辜者因我而受苦或死亡，我一向堅持正義應獲得伸張。

我想，像我這種個性的人會選擇法律作為我的專業，是相當可以理解的……至少心理醫師一定能理解。執法人員這項職業幾乎滿足了我所有的本能。

犯罪與懲罰總是令我著迷。我喜歡閱讀各種偵探故事和恐怖小說，常設計各式各樣精巧的謀殺方法來自娛。

後來在擔任法庭審理工作後，我另一種潛藏的本能也被喚醒了。看見一名惡徒在被告席上坐立難安，受審訊折磨，慢慢看著他得到應得的懲治時，我心中實在有說不出的雀躍。但請注意，看到無辜的人在那兒受審，我是高興不起來的。至少有一兩回，我因為意識到被告無端受冤，而中止庭審，告訴陪審團案子不予成立。幸好警方辦案既公正又有效率，在我面前受起訴的殺人凶手，絕大多數都是有罪的。

這裡我要談談愛德華·塞頓的案子。此人風度翩翩，令陪審團對他留下良好的印象。他的犯罪證據雖然不夠充分，卻十分確鑿，加上我對罪犯的認識，確信此人確實犯下了他被指控的罪行……殘忍地殺害了一位信任他的老太太。

我素來有「閻羅法官」之稱，然而這其實並不公平。我在結案時，總是抱持著嚴謹認真的態度。

我只是極力避免陪審團受辯護律師慷慨激昂的陳辭蠱惑，而做出情緒性的判斷而已。我讓陪審團把焦點集中到實質的證據上。

這些年來，我意識到自己的內心起了變化。我漸漸把持不住自己了……我不想再斷案，而是渴望行動。

我一直希望——我就坦白承認吧——能親手去殺人。我認為這是藝術家表現自我的一種欲望！我就是、我可以成為一名犯罪藝術家！我的想像力因職業訓練之故，受到嚴格的箝制，結果竟悄悄地演變成一股巨大的力量。

我必須、必須……必須犯一次殺人罪！更有甚者，這必須是一次非比尋常的謀殺！一次轟轟烈烈、充滿驚異的謀殺！在犯罪上，我覺得自己依然存有年少時期的狂想。

我想要一次戲劇性、匪夷所思的謀殺！

我想殺人……是的，我想殺人……

然而矛盾的是，我內心固有的正義感抑制著這股殺人的欲望，無辜的人不該受到折磨啊！

後來，在一次偶然的聊天中，有個念頭突然在我腦海中出現。和我聊天的是一位沒沒無聞的普通醫生。他無意中談到，一定有很多謀殺是無法可懲的。

接著他舉了一個特殊的例子。某位老太太，他的病人，最近剛死去。他說老太太會死，是因為侍候她的那對僕役夫婦故意不拿藥給她吃，因為等她死後，他們就能得到一大筆遺產了。他解釋說，這種事情很難證明，但他還是堅持自己的看法。他補充說，類似這種案件應該是層出不窮的，可惜法律都管不著。

事情就是這麼開始的。我突然清楚地找到了自己的方向，我決定不只謀殺一人，而是殺掉一票人。

我想起兒時的一首歌謠……那首關於十個小戰士的歌謠。兩歲時的我，聽了極愛。小戰士無情地一個個消逝……一種無可躲避的結局。

於是我開始暗中搜集下手的對象……

在此我就不贅述自己是如何找到這些對象了。我用固定的說詞和每個偶遇的人交談，結果往往令我感到驚訝。我在動手術住院時，找到阿姆斯壯這個對象。一位照料我、強烈主張戒酒的修女，為了證實酒精害人，道出多年前醫院發生的一件事。她說當年有位醫生因為醉酒，害死了接受他手術的病患。我不經意地問修女在哪邊受訓，而且很快地查到所需資料，並毫不費力地找到她口中的阿姆斯壯和病患了。

我在俱樂部裡和人聊以前從軍的事，而找到了麥卡瑟將軍。一位剛從亞馬遜河回來的人，將隆巴德的「豐功偉業」告訴了我。一位住在馬霍卡的太太，憤憤地向我陳述清教徒布蘭特及那位不幸女僕的事。我從一堆愛亂開車的人士中選定了東尼．馬斯頓，覺得他的冷漠及對死者的不負責任，大大危及社會，而且不配苟存於世。一些同事私下在討論蘭多案時，讓我自然而然地選定了前警官布洛爾。我非常在意布洛爾的罪行，身為法律維護者的警察，應該更加剛直清廉才對，因為大家比較容易採信警察的證言。

最後就是薇拉．柯索恩了，我在橫渡大西洋的某個深夜裡，在吸菸室跟一名叫雨果．漢米頓的英俊小夥子獨處。

雨果的心情很差，喝了很多酒解愁。他當時非常抑鬱傷感，我本來不抱什麼期望，只是隨意地用那套內容跟他攀談。他的回答令我嚇了一跳，至今我都忘不掉他說的話。

他說：「你說得對。謀殺和大多數人想像的不同，以為只是下點毒，把人推下懸崖之類的。」他往前傾傾身子，把臉貼到我面前說：「我跟你講，我認識一個女凶手，而且還瘋狂地愛上她……天可憐見，有時我覺得自己依然愛著她……好悲哀啊，告訴你，太悲哀了！她那樣做多少是為了我……但我根本沒料到。女人都是蛇蠍，十足的惡魔。你絕對料不到像她那樣的女孩——正直善良又開朗的女孩——你也料不到她會那麼做，對吧？她把一個小孩帶到海裡，讓他淹死……你覺得女人會做這樣的事嗎？」

我對他說：「你確定是她幹的？」

他好像突然清醒過來地說：「我很確定。沒人想到這點，可是事後，等我一回來看到她就明白了……而她也知道我曉得了……她不知道的是，我深愛著那個孩子……」

雨果沒再說下去了，但我很輕易地便將事情的經過拼湊出來。

我需要第十個犧牲者。我找到了莫禮斯。他的個子很矮，很少露面。他除了無惡不作之外，還兼及販毒，更引誘我朋友的女兒染上毒癮。這女孩自殺時年僅二十一。

在搜索期間，我的計畫漸漸在腦子裡成形了。等計畫已經周全後，促使我行動的，則是我在哈利大街上與醫生的一次對談。我提到自己動過手術，醫生告訴我，再動一次手術也無濟於事。醫生的說詞非常委婉，但我畢竟還是聽明白了。

我沒把自己的決定告訴醫生……我不想壽終正寢地慢慢死去。不，我想在狂喜中逝去，在我死亡之前，我要先痛快地活過。

現在就交代一下戰士島上的謀殺吧。我透過莫禮斯，輕易地把戰士島買到手，莫禮斯在這方面是高手。我把各個受害者的資料製成圖表，以便為每個人設計誘餌。我的計畫全都實現了，所有客人均於八月八日抵達戰士島。我自己也在其中。

莫禮斯已被殺死了。他有消化不良的毛病，我在離開倫敦前，給了他一粒膠囊，讓他在睡前服用，我說這藥對我的胃酸具有奇效。莫禮斯毫不猶豫地接受了……這傢伙有點輕微的妄想症，我並不擔心他會留下任何文件資料，因為他不是那種人。

我處心積慮地安排好眾人在島上的死亡順序。我覺得他們的罪行輕重程度互異，那些罪行最輕的人應該先死去，這樣就不必備受壓力與恐懼的煎熬了。

最先斃命的是東尼．馬斯頓和羅杰斯太太。一個立即死亡，另一個則在睡夢中安逝。我發現馬斯頓跟大部分的人不同，他天生就缺乏道德責任感，又沒有宗教信仰。羅杰斯太太呢，我相信她是在丈夫的影響下做出錯事的。

我無需詳述這兩人是怎麼死亡的，警方可以很輕易地查證出來。氰化鉀並不難弄到手，因為人家會拿它來滅黃蜂。我手上拿了一些，趁大家聽完唱片，慌亂之際，把氰化鉀放入馬斯頓那幾乎空著的酒杯裡。

當眾人在聆聽唱片時，我仔細觀察著每個人的表情，憑藉我多年的法庭經驗，我敢確定他們都有罪。

由於近來身體疼痛，醫生給我開了一種叫水合氯醛的安眠藥。我把藥積攢到足以致死的量，當羅杰斯為妻子拿來白蘭地時，他將杯子放在桌上，我在經過桌邊時，順手將藥放進酒裡。由於當時眾人還沒有起疑，因此很容易得手。

麥卡瑟將軍死時沒有一點痛苦，他沒聽見我貼近到他身後。當然囉，我還是得小心挑選離開露台的時間，不過一切都很順利。

如我所料，他們開始做全島搜尋，結果發現島上除了我們自己七個人，再沒有別人了。眾人立即相互猜忌。根據我的計畫，我應該立刻找一名同黨。我選了阿姆斯壯，他相當輕信於人，僅憑一面之晤及我的名氣，就認定我不會是凶手！他把所有懷疑都對準了隆巴德，而且我還裝模作樣地附和他。我暗示他說，我有辦法可以讓凶手自投羅網。

雖然我們搜查了每個人的房間，但還未開始搜身，不過那只是遲早的事。

八月十日早晨，我殺死了羅杰斯。當時他正在砍柴準備生火，因此沒聽見我的腳步聲。我在他口袋裡找到飯廳門的鑰匙，他是前一天晚上鎖好門的。

我在大夥發現羅杰斯屍體的混亂之際，溜進了隆巴德的房間，偷走他的手槍。我知道隆巴德一定會帶槍……事實上，我交代莫禮斯在跟隆巴德會面時，建議隆巴德這麼做。

吃早飯時，我幫布蘭特小姐倒咖啡，把最後一劑藥倒進她的杯子裡。我們把她獨自撇在飯廳中，稍後我又溜了回去……她幾乎已經沒有知覺了，我輕鬆地將氰化鉀注射到她體內。找來那隻蜜蜂其實是很孩子氣的，不過這令我十分痛快，因為我喜歡盡可能地配合歌謠去做。

我已料中隨後發生的事……剛已提到了。我們全都接受了嚴格的搜查。我早已把槍藏妥，而且手上也沒有任何氰化物或氯醛。

就在那時，我向阿姆斯壯表示，得將我們的計畫付諸實行。這個計畫很簡單……由我裝成下一名受害者，這樣也許凶手就會亂了手腳。何況裝死之後，我就可以在房裡到處走動，監視那個神祕的凶手了。

阿姆斯壯很喜歡這個點子，那天晚上我們便開始行動。我在前額抹上一小片紅泥，把紅絲簾子、毛線等道具穿戴好後，就布置妥當了。屋裡的燭火忽隱忽滅、搖曳不定。而且唯一會仔細檢查我的人，便是阿姆斯壯。

這方法十分奏效。柯索恩小姐發現了我在她房裡布置的海藻時，尖聲大叫，差點沒把房子震塌掉。大夥全衝上樓去，而我則開始擺弄被殺的姿勢。

他們發現我時，反應一如我所料。阿姆斯壯的表現無懈可擊，他們把我抬到樓上的床上擺著。之後便沒人來擔心我了，他們人人自危、個個彼此忌憚。

我和阿姆斯壯約好一點四十五分在屋外見面，我帶他到房後懸崖邊的一條小路上，說是萬一有人接近，可以從這邊瞧見，而且由於所有臥室都朝著另一面，所以房裡的人不會看見我們。他仍然沒有起一絲疑心，如果他能牢記歌謠裡的詞句：「燻青魚吞剩三個……」至少會有所警覺。他確實是被魚吞了。

殺他的過程太容易了。我驚叫一聲，身子斜過懸崖邊，叫他過來看那邊是不是有個洞口？他斜出去，我順勢猛力一推，他便失衡落入大海裡了。我回到房子裡，布洛爾一定是聽到我的腳步聲了。我回到阿姆斯壯的房間待了幾分鐘後又離開。這次為了讓人聽見，我故意弄出聲音，等我來到樓梯底部時，聽見樓上的開門聲。我離開前門時，他們剛好瞥見我的身影。

在他們尋找我的前一兩分鐘，我已經在房裡轉了一圈，並從先前打開的飯廳窗口溜到飯廳裡。我關上窗戶，然後打碎玻璃。緊接著我上了樓，重新躺回自己床上。

我算準他們會重新搜查房子，但是我覺得他們不會仔細打量任何一具屍體。其實他們只需扯開被單，便會發現我這具屍體早已不是阿姆斯壯檢查時的模樣了。

這就是整件事的經過。

我忘了提到，我把手槍放回隆巴德房裡了。有人大概會想知道，搜查期間手槍到底藏在哪兒吧？食品櫃裡放了一大堆罐頭，我打開最底層的餅乾罐，把槍放進去，然後用膠帶按原樣封好。

我猜，而且猜得很準確，沒人會想到去搜查一堆顯然沒人動過的食物，尤其上面一層的罐頭都還沒開過。

我早就把紅絲簾子和毛線藏起來了。一個藏在客廳的椅座上，上面再覆上印花布；我還在座墊上剪了一個小孔，將毛線塞進去。

然後我所預料的事發生了……三個人都很害怕對方，簡直可說草木皆兵，而且這當中一個人持有槍枝。我從房子窗口觀察他們的一舉一動。當布洛爾孤身一人走過來時，我已將沉重的大理石鐘擺妥。布洛爾就這麼去了……

我從窗口看見薇拉・柯索恩開槍打死了隆巴德。這女孩既膽大又機警，我一直認為她與隆巴德旗鼓相當，甚至略勝一籌。隆巴德一死，我便開始在她房裡布置了。

這是一個非常有意思的心理實驗。她意識到自己有罪，殺人後又處於緊繃狀態，加上四周催眠般的氛圍，這些是否足以引她自盡？我想會的。而我果然料中了，我躲在她衣櫃的陰影處，親眼看見她把自己套進絞索中。

現在進入最後階段了。我走過去，拿起椅子，將它靠牆擺妥。然後我開始找那把手槍，最後發現，薇拉把槍掉在樓梯口了。我小心地保留了她印在槍上的指紋。

那麼現在呢？

我寫完了。

我會把它封在瓶子裡，然後將瓶子拋入大海。

為什麼要這麼做呢？

是呀，為什麼？

我的夢想就是創造一樁誰也解不開的謀殺之謎。

然而我發現，孤芳自賞是無法滿足一名藝術家的，我希望獲得別人的認可與賞識。

我還是老實承認吧，我這個可悲的人，畢竟還是盼望別人知道我有多聰明……

我想戰士島之謎是無人能解的。當然了，警方也許比我所想的高明。這件案子畢竟還有三條線索。第一，警察很清楚愛德華．塞頓有罪。這樣，警方就會知道島上的十人之中有一個絕非謀殺者了，接著便能推演出那個非謀殺者，應該就是本案的凶手。第二條線索就在歌謠的第十四行裡。阿姆斯壯的死與燻青魚有關……他被魚吞了。事情進行到這兒，便可看出阿姆斯壯受騙了，他因為受騙而葬送了自己的性命。警方若能從此處調查，事情就有可能真相大白，因為當時只剩四個人，而這四人當中，我顯然是唯一可能獲取他信任的人。

第三條線索是象徵性的，我死時額上標著紅點，亞當的長子該隱曾殺害其弟。我和他一樣犯了殺人罪。

我想，我沒什麼要說的了。

我將瓶子和信函託付給大海後，就會折回自己的臥房，然後躺到床上。我在眼鏡上繫著一條黑色細繩，這繩子是可以調整的。我會用身體壓住眼鏡。把繩子繞在門把，並繫到手槍上。我想接下來會發生這樣的事：

我用包著手帕的手扣動扳機。我的手會垂到一旁，鬆緊繩會拉動手槍，彈到門上，由於受到把手的震動，槍會自動脫開繩子，掉在地上。繩子一鬆，便會從我身下的眼鏡上脫開。那塊掉在地上的手帕根本不會引起任何爭議。

於是人們會發現我和其他死者的記述一樣，整齊地躺在自己床上，前額被射穿。在驗屍之前，是很難精確判斷出死亡時間的。

當海水落潮時，救援的船隻和漁民便會從陸地上趕來了。

他們會發現十具屍體，還有一個難解的戰士島之謎。

簽署者　勞倫斯·沃格夫

專文推薦

藏在日常細節中的冒險

楊照（作家）

一開始，就都在那裡了。

一九二〇年，阿嘉莎．克莉絲蒂出版了《史岱爾莊謀殺案》，神探白羅就已經退休了。而且在這個案子裡，藉由敘述者海斯汀的轉述，就鋪陳出克莉絲蒂小說最基本的偵探原則：

「那些看來或許無關緊要的小細節……它們才是重要的關鍵，它們才是偉大的線索！」

「豐富的想像力就像洪水一樣，既能載舟亦能覆舟，而且，最簡單直接的解釋，往往就是最可能的答案。」

「沒有任何謀殺行為是沒有動機的。」

還有，一個不討人喜歡的死者，一群各有理由不喜歡死者、因而也就都有殺人動機的人，這些人彼此之間構成複雜的關係，有的互相仇視，有的互相愛戀，麻煩的是，有些愛人其實貌合神離，有些仇人其實私下愛慕；更麻煩的是，不論是愛或是仇，都有可能是扮演出來的。

一個外來的偵探必須周旋在這些嫌疑者之間，從他們口中獲取對於案情的了解，換句話說，他必須在很短的時間內，搞清楚誰是誰、誰跟誰吵架、誰跟誰偷情，然後判斷誰說的哪一句是實話、哪一句是謊言。常常謊言比實話對於破案更有幫助。

再偷偷透露一下，如果要和小說裡的凶手及小說背後的作者鬥智，就像克莉絲蒂對英國社會的了解，祕訣就在於要去追究小說裡的人物背景，尤其是他們的階級地位。基本上，階級地位愈高、權力愈大、愈有錢者，說的話就愈不要相信。例如在《史岱爾莊謀殺案》中，僕人、園丁說的話遠比有頭有臉的人說的要可信多了。就算要說謊，他們的謊言也比較天真，而且往往出於善良動機。當你歸納線索時，就會知道他們並非故意說謊，那是因為他們的認知受到蒙蔽或誤導，而你慢慢就從這蒙蔽或誤導中被引導到真相。

《史岱爾莊謀殺案》出版那年，克莉絲蒂三十歲，但書稿其實早在五年前就寫好了，畢竟要找到有人願意出版一個看來再平凡不過的家庭主婦寫的小說，並不是那麼容易。

所有和克莉絲蒂接觸過的人，都對於她的「正常」留下深刻印象。她看起來就和她那個年紀的典型英國家庭主婦一樣，害羞、靦腆，只能在社交場合勉強跟人聊些瑣事話題，完全無法演講，甚至連只是站起來對眾賓客說幾句客套話，請大家一起舉杯，她都做不到。她不演講，也很少答應接受採訪，就算採訪到她也很難從她口中得到有趣的內容。她會講的，幾乎都是記者本來就知道、或者自己就可以想得出來的。

例如說白羅這個神探的來歷。克莉絲蒂回答：他應該是個外國人，這樣就能在英國日常生活中看出英國人自己看不出的線索。她自己碰過的外國人，只有第一次大戰剛爆發時到英國避難的比利時人。比利時警察怎麼能跑到英國來？那一定是因為他已經退休了。他有潔癖，所以對於現場會有特殊的直覺，馬上感受到不對勁的地方。一個有潔癖的人，好像應該長得矮小些才相稱，一個矮小有潔癖的人最適當的名字，就是希臘神話裡的大力士「赫丘勒斯（Hercules）」，製造出荒唐的對比趣味。那白羅這個姓是怎麼來的呢？克莉絲蒂很誠實地說：「我不記得了。」

一切都如此順理成章，一切都如此合邏輯，不是嗎？有記者問她怎麼看自己的舞台劇〈捕鼠器〉，創下了英國劇場、甚至全世界劇場連演最多場紀錄的名劇？克莉絲蒂的回答也還是中規中矩，合理合節：那是一齣小戲，在一個小劇院演出，成本很低，任何人想到了都可以帶家人或朋友去看，老少咸宜，並不恐怖，也不特別荒謬打鬧，可是又什麼都有一點，包括恐怖和荒謬打鬧的成分。

她的身上找不出一點傳奇、怪誕色彩，那她為什麼能在五十年間持續寫偵探小說，創造了那麼多謀殺，還創造了那麼多詭計？

首先因為她是女性，以及她的身世，包括她的階級身分，使得她在描寫故事場景時比一般男性作者來得敏感。因為在她之前的偵探推理小說男性作家的階級身分都是高高在上，基本上他們會從較高的角度看社會，比較看不到底層的感受。

而她的婚變以及婚變中遭逢的痛苦，都使她更能體會與觀察，將英國社會的複雜細節融入小說的核心情節，讓探案與線索分析結合在一起。

克莉絲蒂一生結過兩次婚，第一次在一九一四年，婚後不久，丈夫就參加了歐戰，是英國皇家空軍最早一批飛行員。一九二六年，這個丈夫有了外遇，直率地向克莉絲蒂要求離婚，在那之前，克莉絲蒂的媽媽才剛過世，雙重打擊之下，又遇到車子無法發動，克莉絲蒂崩潰了，她棄車而走，忘記了自己究竟是誰，躲進一家鄉間旅館，登記時寫了她心裡唯一有印象的名字——她丈夫情婦的名字。

離婚後，一次在晚宴中，有人提起近東烏爾考古的最新收穫，克莉絲蒂就取消了原定要去西印度群島的計畫，改訂了跨越歐洲到君士坦丁堡的「東方快車」，是的，就是這趟旅程給了她寫《東方快車謀殺案》的靈感。不過更重要的是，在烏爾，她認識了一位年輕的考古學家，比她小十四歲，這個人後來成了她的第二任丈夫。

這位考古學家陪她去參觀在沙漠中的烏克海迪爾城，卻在沙漠中迷路困陷了。幾小時中克莉絲蒂卻沒有一點驚慌不安，當下考古學家就決定要向她求婚。

原來，克莉絲蒂的內心是有這種冒險成分的。要不然她不會兩次選到的，都是喜愛冒險的丈夫，而她本身大概也不會吸引一個在各種危險情境下挖掘古代寶藏的人，讓他願意向一個大他十四歲的女人求婚。

這樣說吧，維多利亞時代後期的英國環境，壓抑限制了克莉絲蒂冒險、追求傳奇的內在衝動，她只好將這樣的衝動寄託在丈夫和寫作上。她一邊陪著第二任丈夫在近東漫走，一邊在小說中寫各式各樣的謀殺與探案。謀殺和探案都是冒險，還有，偵探偵查中做的事——蒐集線索，還原命案過程——其實和考古學家的考掘，如此相似！

克莉絲蒂寫得最好的，正是「藏在日常中的冒險」。她個性中的雙面成分，造就了特殊的偵探魅力。既嚮往非常傳奇，卻又有根深柢固的日常邏輯信念，兩者都在克莉絲蒂的小說中扮演了重要角色。她的謀殺案幾乎都和日常習慣緊密編織在一起，日常環境成了凶手最重要的掩護。有些日常規律明顯地被破壞了，讓我們很自然以為那會是謀殺的線索，沿著這些線索形成了閱讀中的推理猜測，然而白羅早就提醒了，真正重要的反而是那些「細節」，也就是看來像是依隨日常邏輯進行的事，或說藏在日常邏輯中因而不被看重的事，那裡要嘛藏著凶手的核心詭計、煙幕，要嘛藏著凶手致命的破綻。

凶案的構想，就是如何讓異常蓋上日常、正常的面貌，又如何故意將日常、正常予以扭曲，製造假象；那麼偵探要做的，就是如何準確地在日常中分辨出真正的異常，將假的、明顯的異常撥開來，找出細節堆疊起來的異常真相。

此外，克莉絲蒂的小說裡隱藏著極其曖昧的情感價值觀，最典型、最有名的就是《東方快車謀殺案》。透過追查過程，讓讀者知道為什麼凶手要訴諸於這種手段，其動機具有可同情之處，再加上克莉絲蒂對身分階級的觀察，她比較相信或讓讀者相信那些沒有權力、地位的人，隨著偵查節奏去認識可能或必須懷疑的人。克莉絲蒂最擅長營造「多重嫌疑犯」的小說特質，因為讀者在閱讀時必須被迫去認識很多不一樣的人。在她最受歡迎的作品，大概都具備這樣的特質。

當然，她的作品中還有兩個最突出的神探，即白羅和瑪波。白羅是比利時人，但為什麼必須是外國人？這是因為英國人具有高度階級意識，這種觀念一路滲透到所有互動細節，包括人與人之間如何說話。而白羅因為不是英國人，他會發現一般英國人不太看得出來的東西，以及兩個人互動的方法哪裡不正常。至於瑪波為什麼得是老太太？她一如那個年代的老人家，總是靜靜坐著打毛線，因為不起眼，自然讓人放鬆防備，所以瑪波探案的線索都是來自於這樣的互動模式。

然而，白羅有很明顯的優勢，瑪波的身分使她基本上只能進行「靜態」的辦案，案子的空間受到侷限，白羅卻可以跨越各種空間，恣意揮灑。而且白羅擁有警官身分，可以合理出現在各種犯罪現場，瑪波能出現的地方，相形之下就勉強、不自然多了。白羅是明白的outsider，在英國，只要他出現，就會覺得有外人在而感到緊張，於是很容易露出平常不會表現的行為；瑪波則看起來是insider，但實質上是outsider，因為總是沒人發現她、當她空氣人。這兩人的探案，是兩個極端。雖然讀者最愛白羅，但克莉絲蒂自己偏愛瑪波勝於白羅。

不管後來的偵探、推理小說發展了多少巧妙詭計，克莉絲蒂卻不會過時，因為她的推理如此密切地和日常纏繞在一起；活在日常中，我們就無可避免被克莉絲蒂的「日常細節推理」吸引，隨時讀來都充滿驚奇趣味。

名家盛讚克莉絲蒂（依推薦時間排序）

金庸（作家）

克莉絲蒂的寫作功力一流，內容寫實，邏輯性順暢，也很會運用語言的趣味。閱讀她的小說，在謎底沒有揭露之前，我會與作者鬥智，這種過程非常令人享受。其作品的高明之處在於：布局的巧妙完全意想不到，而謎底揭穿時又十分合理，讓人不得不信服。

詹宏志（作家、PChome 網路家庭董事長）

推理小說在從先輩柯南．道爾等人的發明中出現力量時，誕生了一位《天方夜譚》故事中每天說故事說個不停的王妃薛斐拉．柴德，也就是「謀殺天后」克莉絲蒂，整個世界對聽這些故事才有如此的熱情。他們捨不得睡覺，每天問後來還有嗎、還有嗎，永遠不肯離去，這就是克莉絲蒂對推理小說的最大貢獻。

可樂王（藝術家）

所謂「克莉絲蒂式」的推理小說，就是一場和一個天才的寫作者或高明的恐怖份子在紙上捕掠捉殺的戰事。即便是一列火車、一處飯店或一間酒吧，在克莉絲蒂寫來皆充滿神祕和猜謎。在人生適合的下午裡，我總是一面嚼著口香糖，一面跟著矮子偵探白羅穿梭謀殺現場，克莉絲蒂的推理作品無疑是推理世界中最充滿「魔術性」的小說。

吳若權（作家、節目主持人）

我從小就對推理小說情有獨鍾，克莉絲蒂一系列的作品尤其令我愛不釋手。多年來，閱讀推理小說的經驗讓我覺悟：讀者在文字情節中推展開來的驚嘆，不只是因緣於故事的本身，而是自我性格的投射。從這個觀點來看克莉絲蒂一系列的作品，她簡直就是洞徹人性的算命師。而讀者，在她的文字中，發現了自己無可奉告的命運。

藍祖蔚（國家電影及視聽文化中心董事長）

做過藥劑師，難免懂得毒藥；嫁給考古學家，難免也就嫻熟文明的神祕；再加上曾經失蹤九天，一切不復記憶的離奇經驗，的確提供了寫作靈感，但若少了想像力，那些片羽靈光縱使辛辣如辣椒，卻不足以成菜。

推理小說重布局、重人物描寫，克莉絲蒂最厲害的卻是犀利的人性觀察，她一手創造的白羅探長，潔癖個性完全和她相反，更將她所憎厭的人格特質集於一身，殊不知，唯有不對著鏡子寫作，才能夠跳出框架與制式反應，開闢無限寬廣的新世界，建構多面向的詭異迷宮。

看完她的小說，你只會更加訝異，到底是什麼樣的心靈才能成就這般視野？

李家同（作家、前暨南大學校長）

克莉絲蒂的整體布局十分細膩，最後案情也都講解得非常詳細，回頭去看，在書中都找得到線索。故事的情節與內容也很好看，不是像一個流氓在街上被殺掉那麼單調。……看小說應該要花腦筋、要思考，從小就要養成思辨的能力，看她的小說，就是對邏輯思考能力極佳的訓練。

袁瓊瓊（作家）

雖然被公認是冷靜理性的謀殺天后，但是在理性之下，克莉絲蒂的底色依舊是感情。克莉絲蒂很明白，所有的慾望之後，都無非是某種愛情。在以性命相搏的犯罪世界裡，凶手以終結他人的性命來遂私欲，不過是為了成全自己的愛，或者是成全自己的恨。

鄧惠文（精神科醫師）

以推理小說作家而言，克莉絲蒂的風格相當獨樹一格。她的偵探在辦案時，靠的不光是科學證據的搜集，而是大量運用犯罪心理學，及對人性的深刻了解。例如在《五隻小豬之歌》中，白羅便是藉由聽取嫌疑犯訴說案情時所不自覺顯露的主觀意識及中心思想，而看出其中破綻，找出真凶。白羅是靠腦袋辦案，以心理層面去剖析案情，即使人們敘述的是同一件事，他可以聽出不同角色因出發點及看待角度不同所透露的情緒觀感，從而抽絲剝繭，還原事實真相。

克莉絲蒂所塑造的人物也生動且各具特色，不同個性所出現的情緒反應描寫，皆細膩而準確，讓讀者產生豐富的想像空間，一展卷便欲罷而不能。

吳曉樂（作家）

克莉絲蒂使用的語言平易近人，主要是以角色與情節的對應來斧鑿出故事的深度，堆疊出讓讀者回味的迂迴空間。而她筆下的角色往往性別、階級、性格、族群各異，塑造出多元又豐富的人物群像。

文學作品不問類型，若要流傳於世，最終仍得上溯至「人性」的理解與反思。而阿嘉莎・克莉絲蒂的作品中，我們可以看到人類屢屢得和自己的人生討價還價，或千方百計讓主觀意識與客觀條件達成某種程度的整合，讀者在重建人物的心理軌跡時，也見識到自身的是非成敗，我認為，這也是克莉絲蒂的作品能夠璀璨經年、暢銷不衰的主因。

許皓宜（心理學作家）

克莉絲蒂筆下的故事看似在談人性的醜惡，實則像一位披著小說家靈魂的心靈引導者，用她的文字訴說著人們得不到「愛」時的痛苦。於是在故事終了的剎那，你不得不對人生多了幾分「看透感」：原來，我們心裡的那些痛苦、報復與自我折磨的慾望，不是因為「憤恨」，而是起於對「愛的失落」。這或許是我們在情感世界中最珍貴且深刻的一種覺察了。

推理小說荒謬驚悚嗎？不，它其實很寫實。它幫我們說出心裡的苦、怨、醜陋的慾望，於是，我們可以重新學習愛了。

一頁華爾滋 Kristin（影評人）

從有記憶以來，閱讀克莉絲蒂最迷人之處往往不在真正的凶手是誰，而是在於「Why」（為什麼）與「How」（如何進行），在於人性與心理描摹的故事肌理。依循其書寫脈絡，會發覺不只是邏輯清晰、布局縝密、著重細節，她總能完美掌握敘事節奏，書中人物彷彿真實存在般鮮明躍然紙上，讀者情緒會隨精準文字保持流轉、跳動、收放，掩卷時並無太多真相水落石出的暢快，反倒淡淡的惆悵化為餘韻襲上心頭，原來還是種種意料之外，卻屬情理之中的人性盲目使然。私以為，那成就了克莉絲蒂的推理故事之所以無比迷人的主因之一。

冬陽（推理評論人）

雖然阿嘉莎．克莉絲蒂的作品並非我的推理閱讀啟蒙，卻是養成閱讀不輟的重要推手。首先，她無庸置疑是個說故事能手，打開我名為好奇的開關；其次是設計犯罪事件的巧妙多元，既日常又異常，凶手更是叫人意想不到。沒錯，我相信每個當讀者的都忍不住想破案，想早偵探一步識破詭計，或者像考試結束鈴響前一秒，瞎猜都要指著某個角色大喊「你就是犯人」！然後會忍不住作弊——不是翻到最後幾頁窺探真凶身分，而是往前翻查讓人起疑的段落、偵探顯然掌握重要線索的時刻，直到忍不住豎白旗投降，看神探（我知道啦，真正把我耍得團團轉的聰明人是作者）頭頭是道地分析我遺漏錯置的片片拼圖，終於看清真相全貌。這，就是偵探推理，我因此熟悉遊戲規則、沉醉在每一場迷人故事裡，成為這個類型書寫的俘虜，享受至今不疲的美好滋味。

石芳瑜（作家、永樂座書店店主）

布局細膩、處處留下線索，破案解說詳細，說明了這位安靜、害羞的推理小說女王心思縝密，且充滿想像力。密室殺人，完美犯罪，《東方快車謀殺案》不愧為古典推理小說的經典。再加上神祕的東方色彩，隨著火車抵達的迫切時間感，連非推理小說迷都會神經拉緊，讀完大呼過癮。

家庭主婦缺少人生經驗？處女座的阿嘉莎．克莉絲蒂充分展現她過人的寫作天分，靠得是從小開始的閱讀，以及對偵探小說的著迷。三十歲寫下第一本偵探小說《史岱爾莊謀殺案》的克莉絲蒂，在那個時代並不能說是「早慧」，但寫作生涯五十五年中，共創作了八十部偵探小說，卻令人難以企及。這位害羞靦腆的小說女神，大概是相信只要有足夠的理由，每個人都有殺人的可能！

余小芳（暨南大學推理研究社指導老師、台灣推理作家協會常務理事）

學生時代加入推理社團，社課指定讀物便是經典作品《一個都不留》，成為我對克莉絲蒂的初步印象，自此沉浸於推理小說的世界。隔年寒假陪同學參與轉學考，在斜風細雨的走廊中，滿足讀完《東方快車謀殺案》。隨著歲月遠走，已昇華成趣味回憶。

踏入推理文學領域需要認識的作家，阿嘉莎．克莉絲蒂絕對名列其中，她的作品常有英國小鎮風光、莊園式的謀殺、設備豪華的交通工具等，還有特色鮮明的偵探活躍其中。書中少有血腥、暴力的橋段，布局巧妙且結構嚴密，手法純粹、知性，故事內容與人物性格融為一體，以高超的想像力結合說好故事的能耐，為推理小說開創新局面。克莉絲蒂推理全集重編改版，值得新舊讀者一起探索。

林怡辰（國小教師、教育部閱讀推手）

多年後，還是難忘第一次閱讀阿嘉莎．克莉絲蒂作品的感動和激動。這套將近一世紀的作品，文筆流暢，邏輯縝密，過程中不斷與作者較量、猜出凶手，直到最後解答不禁佩服，蛛絲馬跡處處展現作者的精妙手法，於是又拿起另一部作品，再次沉溺在謀殺天后所編織的日常世界中的奇幻，無可自拔。犯罪動機和手法穿越時空限制，如今讀來合理且依舊令人感動，閱讀中趣味橫生，難怪成為後來諸多偵探小說的原型。

克莉絲蒂創作生涯中產出的八十部推理作品，至今多部躍上大銀幕，無怪乎被稱之為「經典」，喜愛推理偵探作品的人不可不讀，你會驚異於她在文字中施展的魔法！

張東君（推理評論家、科普作家）

我愛克莉絲蒂！這位在台灣有時會被稱為克奶奶的超級暢銷推理小說家，即使是自認沒讀過她的書的人，也都會在各種書籍或影視作品中看到對她致敬的片段。由於她喜歡旅行和冒險，那些經驗與體驗都成為書中的場景，因此閱讀她的作品時，不只是雀躍地跟著偵探推理，也有了虛擬的旅行體驗。或者當成旅遊導覽書，在出發去尼羅河、去英國鄉間、去搭船搭火車時，就塞一本克奶奶的作品到隨身背包中。

我還是大學新生時，就聽學姐說她哥哥經常看克奶奶的小說，而且邊看邊狂笑。於是我跟著效仿，在某次搭飛機之前買了第一本小說當旅伴，不只看得超開心，看完後還到處找尋書中出現的那種有兜帽的斗篷，當成出門時的必備用品。克奶奶的作品是跨越文字、國界的。只要看過一本，就會不停地追下去。還好，真的是還好只有八十本。何況這次是全新校訂的紀念珍藏版，當然不能錯過！

發光小魚（呂湘瑜）（文史作家、助理教授）

一部好的偵探小說，除了情節設計巧妙之外，還需要洞悉人性，如此方能合理地交代人物的言行舉止與動機。阿嘉莎．克莉絲蒂便是其中翹楚，她的作品不管是偵探、愛情小說或戲劇，必要元素都是謎題與人性。在寧靜無波的場景下暗潮洶湧，永遠都有意料之外，讀者的情緒也會隨著劇情的進行起伏糾結。克莉絲蒂觀察到時代的變化，將犯罪心理融入作品中，於是，看她的小說不只能得到解謎的快樂，同時對人性也能夠有所省思。

此外，克莉絲蒂豐富的人生歷練及旅行經歷，例如一九二二年的環球之旅、居住過也旅行過的巴黎和埃及，甚至是追隨考古學家丈夫前往的中東，都讓她的小說讀來更加充滿異國情調。如果你也愛旅行，不如就讓我們一同搭上那一班南法的藍色列車，或由伊斯坦堡出發的東方快車，跟著白羅鑽進一樁奇案，一嘗旅程中破解謎題的快感吧。

盧郁佳（作家）

國小時，家裡買了一套阿嘉莎・克莉絲蒂全集，從此成了我的毒品，在白癡課本將我的腦袋啃囓成海綿般空洞時，撫慰受創的心靈，那時我仍對人心險惡一無所知。

數學課教你列算式，樂趣遠不如克莉絲蒂教你住宅平面圖、偷換時序的密室魔術，你從庭園長窗進房間，我從房門直通鄰房，他從走廊進房……從而學會故事是建構邏輯。她文風多變，時而《四大天王》中讓神探白羅向助手海斯汀大賣關子，眉頭緊皺，山雨欲來，預示天翻地覆，只能靠他拯救世界；時而用維吉尼亞・吳爾芙《自己的房間》中俏皮的語言，讓貧苦村姑安妮在《褐衣男子》中回憶南非出生入死的冒險，竟源於她耽讀村裡圖書館爛舊的冒險愛情小說，還有戲院每週末放映〈帕米拉歷險記〉，帕米拉每集從飛機跳落高空、搭潛艇、爬上摩天大樓，每次被黑幫老大抓到總不一刀斃命，卻老要用瓦斯毒死她，暗示續集又會逃出生天。

長大才發現，克莉絲蒂小說就是我的〈帕米拉歷險記〉：它以歌劇般輝煌龐大的天真陰謀、精細的人際觀察（一句話重音放在哪個字、從膝蓋鑑定女人的年齡等），召喚年輕讀者抱持浪漫精神投入未知的壯遊，瘋魔、衝撞、冒犯，傷痕累累毫無懼色。正如瓦斯在冒險片中太多、現實中卻太少；陰謀在現實中沒有克莉絲蒂寫得那麼複雜，但她刻畫的心理卻是現實中解謎的試金石。

賴以威（臺灣師範大學電機系副教授）

或許可以為經典下幾個定義：該領域的愛好者更都讀過；不是這個領域的愛好者，許多人也都聽過；影響後續的作品，在很多著作中都可以看到它的影子；值得反覆再三閱讀，每隔一陣子再讀都可以獲得閱讀的樂趣，有更多的體悟。我永遠記得第一次讀《東方快車謀殺案》時，被那宛如嚴謹設計數學謎題的鋪陳、推進給深深吸引、震撼。從這幾個角度來說，克莉絲蒂的推理小說被稱之為「經典」，可說是當之無愧。

謝哲青（作家、旅行家、知名節日主持人）

克莉絲蒂小說的魅力在於透過每個角色的對白，藉由不斷的說話來表現人物的個性，以彰顯其人格特質中一些無法被忽略的事實。我們從他們的言語、講話的過程和字裡行間，竟然就能知道誰是凶手。

我從克莉絲蒂的小說學到很多，除了推理小說有趣的事實之外，最重要的是，我在工作的職場跟人應對的時候，如何從語言和對話裡去捕捉某些隱而不顯的事實。許多人們欲蓋彌彰的東西，無論心事也好、祕密也好，克莉絲蒂都會用文學的手法，讓你理解語言的奧妙和魅力。

克莉絲蒂的書寫會讓你覺得彷彿自己也在現場，你可以從聽到的對話當中，學會如何理解人心的一些小技巧，這是小說家最出色、最偉大的地方。我們必須學習傾聽別人說話——這些人講話是真誠的嗎？他想要跟你分享什麼資訊？這些資訊可靠嗎？——這是我在閱讀推理小說時，最大的收穫和理解。

阿嘉莎・克莉絲蒂大事記

1890		• 九月十五日出生於英格蘭德文郡托基鎮。
1894	4 歲	• 開始在家自學，父母親、姐姐教導閱讀、寫作、算術和彈鋼琴。
1895	5 歲	• 家中經濟走下坡，舉家搬至法國，學會流利的法語。
1905	15 歲	• 在巴黎寄宿學校學鋼琴和聲樂，但生性極度害羞，未成為職業鋼琴家，最終回到英國。
1907	17 歲	• 陪同母親前往埃及調養身體，對社交活動充滿興趣，但尚未對日後感興趣的埃及古物點燃熱情。 • 回英國後繼續寫作、參與業餘戲劇表演。
1908	18 歲	• 寫出第一篇短篇小說〈麗人之屋〉，同時也寫出第一部愛情小說《白雪黃漠》，以筆名向出版社投稿，但屢遭退稿。
1912	22 歲	• 與英國皇家軍官亞契・克莉絲蒂（Archibald Christie）熱戀。 • 八月爆發第一次世界大戰，亞契奉派到法國作戰。
1914	24 歲	• 耶誕夜結婚，亞契隨即返回戰場。克莉絲蒂參與紅十字會工作，在醫院擔任護士和藥劑師，因此對藥理和毒物非常熟悉，造就後來多部推理小說情節都以毒藥殺人。
1916	26 歲	• 開始嘗試寫推理小說，寫出第一部小說《史岱爾莊謀殺案》，主角偵探赫丘勒・白羅的靈感，來自於大戰期間英國鄉間的比利時難民營。本書歷經數家出版社退稿後，終獲柏德雷・海德（The Bodley Head）圖書公司的出版機會，之後並簽下另五本小說的合約。
1919	29 歲	• 前一年亞契返回英國，八月生下女兒露莎琳。

1920	30 歲	• 出版《史岱爾莊謀殺案》。
1922	32 歲	• 出版第二部小說《隱身魔鬼》，主角是夫妻檔偵探湯米和陶品絲。 • 與亞契至南非、澳洲、紐西蘭、夏威夷和加拿大等國旅行十個月，在南非得到《褐衣男子》的靈感。
1923	33 歲	• 三月出版第三部小說《高爾夫球場命案》，白羅再度登場。
1926	36 歲	• 四月母親過世，克莉絲蒂陷入憂鬱。 • 六月在「威廉．柯林斯父子出版社」出版《羅傑艾克洛命案》。 • 八月亞契因外遇提出離婚，十二月初一次爭吵後，克莉絲蒂離家棄車失蹤，消息登上全國新聞。
1927	37 歲	• 一月在悲痛心情中寫出《藍色列車之謎》，第一次創造出聖瑪莉米德村，即後來瑪波小姐居住的村子。 • 分居期間在雜誌刊登以白羅為主角的短篇小說，後來集結出版《四大天王》。 • 十二月在雜誌刊登短篇小說〈週二夜間俱樂部〉，瑪波小姐初登場，後來收錄在一九三二年出版的短篇小說集《十三個難題》。
1928	38 歲	• 十月正式離婚，仍保留「克莉絲蒂」姓氏。 • 秋天搭乘「東方快車」前往土耳其的伊斯坦堡，再轉往伊拉克首都巴格達，參觀考古現場烏爾，認識考古學家伍利夫婦（Leonard and Katharine Woolley）。
1930	40 歲	• 二月應伍利夫婦之邀再訪烏爾，認識考古學家麥克斯．馬龍（Max Mallowan），九月於英國愛丁堡結婚。這段婚姻開啟克莉絲蒂旺盛的創作生涯，兩人到中東考古現場的旅行為許多作品帶來靈感。

- 婚後克莉絲蒂開始維持固定的寫作行程。十月出版《牧師公館謀殺案》，是第一部以瑪波小姐為主角的小說。
- 出版第一部以「瑪麗．魏斯麥珂特」（Mary Westmacott）為筆名的《撒旦的情歌》，並陸續發表了五部非犯罪小說。

1932　42歲
- 出版《危機四伏》。

1934　44歲
- 出版《東方快車謀殺案》，是白羅海外辦案三部曲之一，故事靈感來自中東的旅行經歷。一九七四年第一次改編成電影大獲好評。

1936　46歲
- 出版《美索不達米亞驚魂》，白羅海外辦案三部曲之二。

1937　47歲
- 出版《尼羅河謀殺案》，白羅海外辦案三部曲之三，故事背景是年輕時與母親同遊的埃及。一九七八年第一次改編成電影大受歡迎。

1939　49歲
- 二次大戰期間，克莉絲蒂在大學學院醫院擔任義務藥師，學習到最新的毒藥知識，對於推理小說寫作大有助益。
- 出版《一個都不留》，是克莉絲蒂最著名作品之一。

1941　51歲
- 出版《密碼》，呈現出克莉絲蒂對戰爭的看法。
- 出版《豔陽下的謀殺案》。

1942　52歲
- 出版《藏書室的陌生人》、《五隻小豬之歌》等名作。

1944　54歲
- 以「瑪麗．魏斯麥珂特」為筆名出版第三部作品《幸福假面》，被美國書評人發現是克莉絲蒂的作品，讓她從此失去匿名創作的自在樂趣。

1950　60歲　• 獲選為皇家文學學會的會員。

1953　63歲　• 出版《葬禮變奏曲》。

1956　66歲　• 一月獲頒大英帝國爵級大十字勳章（GBE）。
• 十一月以「瑪麗．魏斯麥珂特」為筆名出版《愛的重量》，是這個筆名的最後一部作品。

1958　68歲　• 成為「偵探作家俱樂部」主席。

1960　70歲　• 馬龍獲頒大英帝國爵級大十字勳章。

1961　71歲　• 獲得艾克塞特大學頒發榮譽文學博士學位。

1968　78歲　• 馬龍獲封為爵士，克莉絲蒂亦被稱為馬龍爵士夫人。

1971　81歲　• 獲頒大英帝國爵級司令勳章（DBE），獲封為女爵士。

1973　83歲　• 出版最後一部創作《死亡暗道》，亦為湯米和陶品絲最後一次辦案。

1974　84歲　• 最後一次公開露面，出席電影《東方快車謀殺案》首映會。

1975　85歲　• 八月六日，白羅成為有史以來第一次在《紐約時報》頭版刊出訃聞的小說主角，宣傳九月即將出版的《謝幕》，這也是白羅最後一次辦案。

1976　86歲　• 一月十二日去世。
• 十月出版《死亡不長眠》，瑪波小姐的最後一次辦案。

克莉絲蒂推理原著出版年表

1920 史岱爾莊謀殺案 The Mysterious Affair at Styles（神探白羅系列）
1922 隱身魔鬼 The Secret Adversary（神探湯米＆陶品絲系列）
1923 高爾夫球場命案 The Murder on the Links（神探白羅系列）
1924 白羅出擊 Poirot Investigates（神探白羅系列）
1924 褐衣男子 The Man in the Brown Suit（神探雷斯上校系列）
1925 煙囪的祕密 The Secret of Chimneys（神探巴鬥主任系列）
1926 羅傑艾克洛命案 The Murder of Roger Ackroyd（神探白羅系列）
1927 四大天王 The Big Four（神探白羅系列）
1928 藍色列車之謎 The Mystery of the Blue Train（神探白羅系列）
1929 七鐘面 The Seven Dials Mystery（神探巴鬥主任系列）
1929 鴛鴦神探 Partners in Crime（神探湯米＆陶品絲系列）
1930 牧師公館謀殺案 The Murder at the Vicarage（神探瑪波系列）
1930 謎樣的鬼豔先生 The Mysterious Mr. Quin（神探鬼豔先生系列）
1931 西塔佛祕案 The Sittaford Mystery
1932 十三個難題 The Thirteen Problems（神探瑪波系列）
1932 危機四伏 Peril at End House（神探白羅系列）
1933 十三人的晚宴 Lord Edgware Dies（神探白羅系列）
1933 死亡之犬 The Hound of Death
1934 三幕悲劇 Three Act Tragedy（神探白羅系列）
1934 李斯特岱奇案 The Listerdale Mystery
1934 帕克潘調查簿 Parker Pyne Investigates（神探帕克潘系列）
1934 東方快車謀殺案 Murder on the Orient Express（神探白羅系列）
1934 為什麼不找伊文斯？ Why Didn't They Ask Evans?
1935 謀殺在雲端 Death in the Clouds（神探白羅系列）
1936 ABC 謀殺案 The A.B.C. Murders（神探白羅系列）
1936 底牌 Cards on the Table（神探白羅系列）
1936 美索不達米亞驚魂 Murder in Mesopotamia（神探白羅系列）

1937 巴石立花園街謀殺案 Murder in the Mews（神探白羅系列）
1937 尼羅河謀殺案 Death on the Nile（神探白羅系列）
1937 死無對證 Dumb Witness（神探白羅系列）
1938 白羅的聖誕假期 Hercule Poirot's Christmas（神探白羅系列）
1938 死亡約會 Appointment with Death（神探白羅系列）
1939 一個都不留 And Then There Were None
1939 殺人不難 Murder Is Easy/Easy to Kill（神探巴鬥主任系列）
1940 一，二，縫好鞋釦 One, Two, Buckle My Shoe（神探白羅系列）
1940 絲柏的哀歌 Sad Cypress（神探白羅系列）
1941 密碼 N Or M?（神探湯米＆陶品絲系列）
1941 豔陽下的謀殺案 Evil Under the Sun（神探白羅系列）
1942 五隻小豬之歌 Five Little Pigs（神探白羅系列）
1942 藏書室的陌生人 The Body in the Library（神探瑪波系列）
1942 幕後黑手 The Moving Finger（神探瑪波系列）
1944 本末倒置 Towards Zero（神探巴鬥主任系列）
1945 死亡終有時 Death Comes as the End
1945 魂縈舊恨 Sparkling Cyanide（神探雷斯上校系列）
1946 池邊的幻影 The Hollow（神探白羅系列）
1947 赫丘勒的十二道任務 The Labours of Hercules（神探白羅系列）
1948 順水推舟 Taken at the Flood（神探白羅系列）
1949 畸屋 Crooked House
1950 謀殺啟事 A Murder Is Announced（神探瑪波系列）
1951 巴格達風雲 They Came to Baghdad
1952 殺手魔術 They Do It with Mirrors（神探瑪波系列）
1952 麥金堤太太之死 Mrs. McGinty's Dead（神探白羅系列）
1953 黑麥滿口袋 A Pocket Full of Rye（神探瑪波系列）
1953 葬禮變奏曲 After the Funeral（神探白羅系列）

1954　未知的旅途 Destination Unknown

1955　國際學舍謀殺案 Hickory, Dickory, Dock（神探白羅系列）

1956　弄假成真 Dead Man's Folly（神探白羅系列）

1957　殺人一瞬間 4:50 from Paddington（神探瑪波系列）

1958　無辜者的試煉 Ordeal by Innocence

1959　鴿群裡的貓 Cat Among the Pigeons（神探白羅系列）

1960　哪個聖誕布丁？ The Adventure of the Christmas Pudding（神探白羅系列）

1961　白馬酒館 The Pale Horse

1962　破鏡謀殺案 The Mirror Crack'd from Side to Side（神探瑪波系列）

1963　怪鐘 The Clocks（神探白羅系列）

1964　加勒比海疑雲 A Caribbean Mystery（神探瑪波系列）

1965　柏翠門旅館 At Bertram's Hotel（神探瑪波系列）

1966　第三個單身女郎 Third Girl（神探白羅系列）

1967　無盡的夜 Endless Night

1968　顫刺的預兆 By the Pricking of My Thumbs（神探湯米＆陶品絲系列）

1969　萬聖節派對 Hallowe'en Party（神探白羅系列）

1970　法蘭克福機場怪客 Passengers to Frankfurt

1971　復仇女神 Nemesis（神探瑪波系列）

1972　問大象去吧 Elephants Can Remember（神探白羅系列）

1973　死亡暗道 Postern of Fate（神探湯米＆陶品絲系列）

1974　白羅的初期探案 Poirot's Early Cases（神探白羅系列）

1975　謝幕 Curtain: Hercule Poirot's Last Case（神探白羅系列）

1976　死亡不長眠 Sleeping Murder（神探瑪波系列）

1979　瑪波小姐的完結篇 Miss Marple's Final Cases（神探瑪波系列）

1991　情牽波倫沙 Problem at Pollensa Bay

1997　殘光夜影 While the Light Lasts

國家圖書館出版品預行編目（CIP）資料

一個都不留 / 阿嘉莎．克莉絲蒂（Agatha Christie）
著 ; 王麗麗、劉萬勇譯. -- 三版.-- 臺北市 : 遠流出
版事業股份有限公司, 2024.04
面； 公分. -- (克莉絲蒂繁體中文版20週年紀
念珍藏 ; 53)
譯自 : And Then There Were None
ISBN 978-626-361-540-3(平裝)

873.57 113002003

克莉絲蒂繁體中文版 20 週年紀念珍藏 53

一個都不留

作者 / 阿嘉莎．克莉絲蒂
譯者 / 王麗麗、劉萬勇

主編 / 陳懿文、余式恕 校對 / 呂佳真
封面、內頁設計 / 謝佳穎 排版 / 連紫吟、曹任華
行銷企劃 / 舒意雯 出版一部總編輯暨總監 / 王明雪

發行人 / 王榮文
出版發行 / 遠流出版事業股份有限公司
地址 / 104005臺北市中山北路一段11號13樓
電話 / (02)2571-0297 傳眞 / (02)2571-0197 郵撥 / 0189456-1
著作權顧問 / 蕭雄淋律師

2003年7月 1 日 初版一刷
2024年4月 1 日 三版一刷
2024年8月25日 三版二刷
定價 / 新臺幣380元 (缺頁或破損的書，請寄回更換)

ISBN 978-626-361-540-3

遠流博識網 http://www.ylib.com E-mail: ylib@ylib.com
遠流粉絲團 https://www.facebook.com/ylibfans

www.agathachristie.com